これは余が余の為に
頑張る物語である４

目　次

登場人物紹介
▲ルル
リリの想い人にして、
世界で唯一の存在である
神子《みこ》。
▲リリ
転生先の異世界で幸せ追求中の、
自称“余”な女の子。
大好きなルル様に振られて
しまったが……
ジル▶
赤ちゃんの頃、リリの
友達だった精霊。
長年会えずにいたが……
▲ニル
ロロの契約精霊。
メル▲
リリの契約精霊。

◀シアン
リリの学校の先輩だった、男装の麗人。リリの前世の父の魂を宿している。
▲ロロ
リリの友人。精霊色をもつ、黒髪の少年。
▲アル
リリの実の兄で、かなりのシスコン。大精霊シルヴァーンと契約を結んでいる。
▲ルディ
パパが連れてきた少年で、リリのもう一人の兄。リリの前世の母の魂を宿している。

これは余が余の為に
頑張る物語である４

プロローグ

私は、恋を失った。

確かに、幼い感情だったのかもしれない。他人から見れば、あまりにも稚拙《ちせつ》な恋だったのかもしれない。それでも、私は真剣に恋をしていた。

けれど、大好きなルル様から、私の恋心を拒否されてしまったのだ。

ルル様は、この世界で唯一の存在である、神子《みこ》。でも、神子だから好きになったわけではない。

私に優しくしてくれて、不思議といつも守ってくれて。とても頼れる存在だけど、でも何処《どこ》か寂しそうなルル様を、私は真剣に好きになっていた。だけど私の想いは、届くことはなく――

恋を失ってからは、家族皆に心配を掛けていた。

神護《じんご》騎士団の団長で、かっこ良いパパ、優しくて可愛らしい外見のママ。そして、大好きな兄ちゃんたち。

アル兄ちゃんとルディ兄ちゃん、二人とも、素敵な兄ちゃんだ。

そんな優しい皆に囲まれていたから、私は勘違いしてしまったのかもしれない。

恋って、素敵なものなんだと。

好きな人のことを想うだけで、心がぽかぽかして、幸せで。日々が、鮮《あざ》やかに彩《いろど》られていって。

世界を、幸せでいっぱいにするのだと。

私もいつかパパやママみたいに、ルル様と寄り添えるんじゃないか——

ルル様に恋してる私は、最高に幸せなんだと思っていた。

それが……それが、こんなに苦しいものになるだなんて、思いもしなかった。

お互いを想い合うパパとママのような温かな愛情が、恋なのだと……

ずっと思ってきたから。


「……」


のろのろと、体を動かす。自室のベッドの上で、私は無気力に寝転んでいた。

ルル様に、失恋した——

その事実に、私は打ちのめされていた。今なら、幼い頃から大切にしているぬいぐるみのうさしゃんですら、私を倒せるだろう。

『リリちゃん……』

契約精霊であるメルがふわふわと浮いたまま、心配そうに私を呼ぶ。マペットみたいに小さな、エプロンドレス姿の女の子。いつもはメルに声を掛けられるとうれしくなるのに、今はそれすら煩《わずら》わしくて——

私は、無視を決め込んだ。

今の私の心はささくれだっていて、誰にも触れてほしくなかった。

こんな風に皆を拒絶している間にひと月が過ぎ、私は十歳になっていた。

そう、時間は過ぎていく。傷付いた私を置いてきぼりにして、流れていくのだ。

ポロッと、涙が零れる。もう枯れたと思っていたのに。

『リリちゃん……』

メルの労《いたわ》りの声に、私の涙腺《るいせん》は緩《ゆる》む。

分かっているのだ。皆に心配を掛けてしまっている状況を。そんな私を見守ってくれる皆の、優しさを。

だけど……

恋に破れるって、こんなにも残酷なんだ。

私は、体を丸める。全てを拒絶する為に。

世界は、何もかも色褪《いろあ》せているようだった。

第1章　友情と想い

私は、ユーフェル高等学校に通っている。ユーフェル高等学校は、精霊使いを育成する教育機関だ。

心は重く苦しんでいても、私はきちんと学校に行っていた。これ以上、周りに心配を掛けたくなかったから。

「リリ」

その学校の廊下で、ロロくんに呼び止められた。幼等学校からの大切な友達、ロロくん。いつも穏やかな筈《はず》の彼が、今は怖い顔をしている。ロロくんの肩には、彼の契約精霊であるニルが乗っている。だぼだぼのローブに、大きなとんがり帽子。帽子の下にはデフォルメされた鬣《たてがみ》がある。いつもは明るいニルが、今は悲しそうに私を見ていた。

ロロくんとニルの二人にも心配を掛けている。そのことが、心苦しい。

「最近の君、おかしいぞ」

直球だ。それだけ、ロロくんにとって私は身近なのだろう。

普段の私だったら、そのことに喜んだ筈。だけど、今は……

「別に」

私は、ロロくんから視線を逸らした。彼を真《ま》っ直《す》ぐ見ることができない。

今の私は心がひねくれていて、誰かの言葉を聞くのを拒否している。

「別に、私は、普通だよ」

視線を合わせないまま、ぶっきらぼうに答える。

「リリ！」

ロロくんの鋭い声。

廊下を歩く何人かの生徒が、ロロくんの声に驚いたように足を止める。

そんな周りの様子をロロくんは気にすることもなく、私を睨《にら》みつける。本格的に怒らせてしまったようだ。ロロくんがこんな風に声を荒《あら》らげることなんて、今までなかった。いつも冷静な態度を崩さないのに……

そんなことをぼうっとしながら考えていたら、ロロくんに肩を掴まれた。

反射的に、私はその手を振り払う。

「……っ」

ロロくんの息を呑む声。

私はといえば、自分でやったことなのに、胸が痛くて仕方なかった。今すぐロロくんの手を取り、頭を下げてしまいたい。だけど、そう思うだけで、できなかった。

周りからの好奇の目も、煩《わずら》わしい。早くこの場から去りたくて仕方なかった。

「……ロロくんには、関係ない」

そうして私の口から出たのは——紛《まぎ》れもない、拒絶の言葉だった。私はロロくんを突き放したのだ。

「リリ……」

「もう、放っておいて」

なおも、ロロくんの顔を見ずに言った。ロロくんはきっと、傷付いた筈《はず》だ。優しい人だから。

それに、私たちは友達だ。ロロくんが私を放っておけるわけがない。真っ直ぐで優しい彼は、今の私を心配してくれている。

分かっている。分かってるんだ。

だけど、だけどね……。心が痛くて仕方ないんだよ。辛くて、辛くて、誰にも触れられたくないんだよ。

私は、ロロくんから逃げるように背を向ける。

「リリ、待て……」

ロロくんの言葉を待たずに、走り出した。

廊下を、俯《うつむ》きながら見てひたすら走った。

私は……私は、どうしたら良いんだろう。どうすれば、良いんだろう。

ロロくんや、ニルすら突き放して。何がしたいのか分からない。自分のことなのに何も分からない。

走りながら口を引き結ぶ。涙が出そうだ。人を拒絶するのは、傷付けるのは、こんなにも痛いのだ。

結局その日、私は初めて学校を早退した。教室に戻れば、同じクラスであるロロくんと会ってしまう。一方的な拒絶をした気まずさもあり、どうしても彼に会いたくなかった。

ロロくんから逃げ出して保健室へ駆け込んだ私は、よほど酷《ひど》い顔をしていたのだろう。先生は、私の気分が悪くなったという言葉を信じてくれたようだ。側にいたメルは、何も言わなかった。

早退した私をママは心配してくれたけど、嘘をついた心苦しさから、私は足早に自室に逃げ込んだ。

メルは、いない。一人にしてほしいと頼んだのだ。

メルは幼い頃からの友達で、相棒でもある。

そんな大切な存在にすら、近くにいてほしくなかった。

一人、私はベッドの上で蹲《うずくま》る。

目を閉じれば、私を心配するロロくんの声や、ママの顔が蘇《よみがえ》る。皆が、私を案じてくれているのに……何故拒絶してしまうのだろう。

辛い。どうしたら良いのか、もう分からない。

今世でも前世でも、私は長く生きていない。だから感情の制御の仕方が分からないのだ。

結果、私は一人、思い出に逃げる。ルル様の、思い出に。

初めて会った日、神子《みこ》の誕生日をお祝いする神華祭《じんかさい》で、私はパパとはぐれてしまった。そこでルル様は、寂しさに泣く会ったばかりの私に優しくしてくれた。

パパが、契約している大精霊シルヴァーンを使役《しえき》して私を見つけてくれるまで、側にいてくれた。

アル兄ちゃんの精霊との契約――シルディ・ナーラ――の時だって助けてくれた。ルル様のお陰で、心に力が溢れてアル兄ちゃんの為に行動することができた。

二度目の神華祭で誘拐された時も、私を守ってくれた。ルル様がいてくれたから、全然怖くなかったよ。

先代神子――ルル様のお母さんは酷い神子だった。その人のせいで、ルル様は色んなものを背負わされてきた。だけど、そんな苦しみなんて何も感じさせない強くて気高くて優しい姿に、私は惹《ひ》かれたのだ。

だけど、私の恋は――終わってしまった。

「ルル様……」

ポロポロと、冷たい滴《しずく》が頬を濡らす。

全部嘘なら、良かったのに。ルル様に拒絶されたことも、ルル様にもう会わないと言われたことも。全部、全部嘘なら、良かったのに。

ルル様からもらった秘密の鍵を、私は今も肌身離さず持っている。何処《どこ》の扉でも、ルル様との秘密の場所へ繋げることができる鍵。たとえ、二度と使うことができないとしても、大事で、大切なものだから。

「ルル様ぁ……っ」

私は、鍵を握り締めて一人泣いた。

それからどのぐらい経ったのか。目がヒリヒリして痛い。これは腫《は》れているかもしれない。

「……」

体を起こす気力もなく、私はただ天井を見つめた。

……いったい、私は何をやってるのだ。

皆に心配を掛けて、部屋で一人で泣いて――。何をしているのだろう。

私のことを気遣ってくれた皆の顔がちらつく。その表情を思い出すごとに、罪悪感が募っていく。

床に放り出したままの、ぬいぐるみたち。無造作に置かれた様は、まるで私の心のようだ。力なく彼らを見る。

「……」

無意識に、空中に手が伸びた。何を掴もうとしたのか、自分でも分からない。

ただ、ふいに何かが頭を過《よぎ》った気がして、思わず手を伸ばしたのだ。

それが何なのかを、考えようとした時――

部屋の扉が、ノックされた。

メイドさんから来客だと控えめに告げられ連れてこられたのは、子供部屋だった。

「中でお待ちです」

「……」

メイドさんは、無言で扉の前に佇《たたず》む私を、そっと促《うなが》した。

子供部屋の扉を開けるとそこにいたのは――

「リリちゃん」

「リリ……」

今の時間、ここにいる筈《はず》のないララちゃんと、昼間険悪に別れたロロくんだった。

ララちゃんは、幼等学校に入学する前からの友達だ。とても優しくて、ひとの心に寄り添うことができる女の子で、私は彼女が大好きだ。

ララちゃんは、進学をせず私の従兄《いとこ》のお菓子のお店で修業中だ。だからこんな昼間の時間にうちにいるなんてことは、普通だったら絶対にない。

ロロくんとララちゃん。二人に対して何も言えない私の背後で、扉は閉ざされた。

大切な友人たちと過ごした幼等学校時代が、今は遠くに感じる。

「……」

子供部屋の入り口で、立ち尽くす。

本やぬいぐるみの置かれた子供部屋。いつもは私たちの笑い声で満ちているのに、今は寒々しい。

まるで、私の心のようだ。

学校でロロくんから逃げてしまった後ろめたさがあったので、視線が自然と下に向いてしまう。

自分の履くピンクの靴しか見えない視界に、新たに赤い靴が入ってきた。見覚えのある靴だ。この靴は、彼女のお気に入りだった筈《はず》。

「ララちゃん……」

俯《うつむ》いたまま名前を呼べば、ぎゅっと両手を握られた。ララちゃんの手だ。

温かさが、触れた指先から流れてこようとしたけれど、私のささくれた心は、ララちゃんの手を拒否した。

振り払おうと、手を動かす。だけど、ララちゃんの手はピクリともしない。

逆に、更に強く掴まれた。

「……痛いよ」

本当は、痛くなんてなかった。でも、誰にも触れられたくない私の心が、そう言わせたのだ。私の心は、冷たく凍っている。

なのに――

「離さない」

ララちゃんが、力強くキッパリと言い切った。

いつもは一歩引いているようなララちゃんがこんなに強く言うなんて、初めてかもしれない。

「リリちゃんの心が、痛いままだもの。だから、離さない。痛いのがなくなるまで、側にいるよ」

「ララちゃ……」

「リリちゃん、顔を上げて?」

ララちゃんに言われるままに、私はゆっくりと視線を上げる。そうさせる力が、ララちゃんの声には宿っていた。

目の前には、微笑むララちゃんがいた。微笑んで、涙を流すララちゃんが。

「な、んで……」

何故、ララちゃんが泣いているのだろう。悲しいのは、私なのに。

でも、だけど。ララちゃんの目には、深い悲しみが宿っていて――

ララちゃんが、私の手を離した。離れていく熱と、それを寂しいと感じる私がいた。心が、少しだけ動く。

そして――ララちゃんは私を抱きしめた。全身が、ララちゃんの熱に包まれる。

「リリちゃん、凄く辛いことがあったんだね」

「……」

ララちゃんは、泣いた声で言う。

辛いこと。うん、凄く辛いことが、あったよ。世界の終わりかと思うようなことが、あったんだよ。

「今のリリちゃん、心が痛いんだね」

うん、痛い。凄く、痛い。ズキズキと刺すみたいに。

「全部、嫌になっちゃったんだね」

うん。嫌になった。ルル様に拒絶されてしまったように、私も全部、嫌になっちゃった。

「悲しい世界に、いるんだね」

「うん……」

何度目かの言葉には、心の中ではなく口から返事が出た。

ララちゃんの後ろに立つロロくんが、じっと私を見る。ロロくんは、優しい目をしていた。

そんな彼の顔を見ていたら、私の口は止まらなくなってしまった。

「辛い、辛いよ。ルル様、私に会わないって……っ。私の気持ち、伝わらなくて……っ」

ゆっくりと、私は両腕をララちゃんの背中に伸ばす。

ララちゃんの温かさが、私の心に染み込んできた。

今度は、心は拒絶しなかった。ララちゃんの熱を、私は全身で感じ取る。

「リリちゃん、たくさん泣いたんだね」

「うん……」

「たくさん、傷付いちゃったんだね」

「うん……っ」

気が付けば、私はまた泣いていた。だけど、泣けば泣くほど力が抜けていくさっきまでの涙とは違い、今度のは心の棘《とげ》が抜けていくようだった。

ララちゃんは、抱きしめる腕に力を込めた。今度は、私も抱きしめ返して応える。

「ララちゃん、ララちゃん……っ」

「うん。リリちゃん、たくさん泣くと良いよ」

穏やかな声でそう言われ、私の悲しみが静かに鎮まっていく。まるで、ララちゃんの体温と引き換えたように。

泣きながら、私は思い出していた。さっき、部屋で手を伸ばした時に過《よぎ》ったものを。あれは、ララちゃんとぬいぐるみで遊ぶ私の姿だった。私は、無意識にララちゃんに助けを求めていたのだ。

しゃくり上げる私に、ララちゃんは優しく話す。

「リリちゃん、リリちゃんが悲しいと私も悲しいの」

「うん」

「ロロくんも、リリちゃんを心配しているの」

昼間とは違い、私はその事実をすんなりと受け入れていた。

後ろに立つロロくんは、真剣な表情だ。だけど、その目には先ほどと変わらない優しさが溢れている。

「うん」

そうだ。私は一人じゃないのだ。

そんなこと、分かっているつもりだった。

だけど、本当は分かっていなかったんだ。私の心が人を拒絶していたから。

でも、今なら大丈夫。ララちゃんの優しさに満ちた心を受け止めた今なら、私は一人じゃないのだと、ちゃんと理解できる。いや、今、できた。

「……ありっ、ありがとう、二人ともっ」

二人がいてくれて、本当に良かった。泣きながら、私は一生懸命言っていた。

しばらくして、私とララちゃんは泣き止んだ。ちょっと照れ臭かったけど、ロロくんには改めてお礼をする。だって聞けば、お店にいたララちゃんを訪ねて我が家まで連れてきてくれたのはロロくんだと言うし。

「……別に。友達だからな、僕たちは」

落ち着いた声で、ロロくんは言った。

「ロロくん……」

ああ、友達。何て素晴らしい響きだろうか。

そうだ、私たちは友達なんだ。

ルル様のことを思うと、やはり胸は痛むけれど、その痛みは少し前のそれに比べて随分と鋭さを欠いていた。吹っ切れたわけじゃない。ただ、私が友達という優しい薬を手に入れて、痛みが緩和されたのだ。

改めて、三人でテーブルに着く。

今までの色々を思い出して、ついもじもじしてしまう。だって、だって……リリちゃん、恥ずかしーい！

ララちゃんとロロくんは、笑っているけども！

「うー……、多分にご迷惑をお掛けしましたー」

もじもじしながら頭を下げると、二人は顔を見合わせた。そして、頷《うなず》き合う。何だよーう。

「いつもの、リリだな」

「うん。いつもの、リリちゃんだね」

そう言うと、二人は嬉しそうに笑った。

うう、そんな顔をされたら、文句言えないや。

二人には、本当に感謝してもし足りない。

「本当に、ありがとう」

私は、心からの想いを込めて、お礼を口にした。

ララちゃんとロロくんは、笑顔で応えてくれたのだった。


恋は、私が思っていたような綺麗なものじゃなかった。

だけど、私には友達がいる。世界は、やっぱり美しいのだ。

一度は、全て嫌になってしまった。けれど、再び世界の美しさを取り戻した私には、言えることがある。

私、今でもルル様が好きだ。

会えなくなっちゃったし拒絶されたけど、ルル様への想いは変わらない。

だから、ルル様。もう少しだけでも、好きでいて良いですか？

貴方のことを、想っていても良いですか？

私は、貴方のことを好きなままでいたいです。だから、想うことを許してください。

拒絶されてしまったけど、私は貴方に会いたいです、ルル様。

私は、心の中でルル様に語り掛けた。

——うん、気持ち切り替えないと！　今はやらなくちゃいけないこともある。

まずは、皆に心配掛けてごめんなさいしないとね！

よーし、リリちゃん復活なのだー！

†

「誠に、済まんかった」

その日の夜遅く。騎士団から帰ってきた兄ちゃんたちを廊下で待ちぶせしていた私は、二人に出会い頭《がしら》、潔《いさぎよ》く土下座した。慌てたのは兄ちゃんたちだ。

「お、おい、リリ！」

「や、止めなさい、リリ！」

二人で、私を立ち上がらせようとする。しかし、それでは私の気が済まないのだ。

思えば、兄ちゃんたちには心配ばかり掛けていた。

アル兄ちゃんは、何度も私の部屋の前で声を掛けてくれたのに無視したし、ルディ兄ちゃんはたくさんのスイーツを作ってくれたのに、全部断ったし……

リリちゃん、ダメダメじゃーん。

自分の駄目さ加減を痛感し、更に頭を低くした。うにゅ。額《ひたい》が床とこんにちは。

「リリ！」

「にょっ！」

アル兄ちゃんに肩を掴まれ、問答無用で体を起こされてしまう。

床に膝をついたアル兄ちゃんは、少し怒った顔をして私を見ていた。うう、怒らせちゃったかなぁ。

「リリ、僕は悲しいよ」

「悲しい？」

アル兄ちゃんの言いたいことが分からず、助けを求める気持ちでルディ兄ちゃんを見る。けれど、ルディ兄ちゃんは口を閉ざしている。何も語るつもりはないらしい。

仕方なく、私はもう一度アル兄ちゃんの顔を見つめた。

「リリ、僕はリリが苦しんでいたのに、何もできなかった……不甲斐ないよ」

「そ、そんなことないよ！」

私は自分で勝手に檻《おり》に入っていたのだ。アル兄ちゃんは何も悪くない。

だけどアル兄ちゃんは、私の言葉を否定するように頭を振った。

「いいや。リリは、深い悲しみの中にいた。辛い思いを、ずっとしていたんだ。なのに、僕はリリに何もしてあげられなかった」

眉を寄せ、苦しそうに語るアル兄ちゃんの姿に、私は自分の罪深さを知った。私の拒絶に、アル兄ちゃんもまた傷付いたんだ。

「兄ちゃん、兄ちゃんは、何も悪くないよ！　リリちゃんが、馬鹿だっただけなのよ！」

「リリ……」

私はアル兄ちゃんに抱き付いた。そして、ぎゅうぎゅうに力を込める。謝罪の気持ちを、私は腕に目一杯込めた。

「兄ちゃん、大好き！　心配掛けてごめんなさい！　ありがとう！」

そして、心からの言葉を贈る。

大好き、大好き、ありがとう。

「うん、リリ。僕も大好きだよ」

アル兄ちゃんが、抱きしめ返してくれた。

言葉は、アル兄ちゃんに届いた！

抱擁《ほうよう》って、不思議。人の体温は心を温めてくれる。

アル兄ちゃんの温もりに浸《ひた》っていたら、パンッと音が聞こえた。私たちを見守っていたルディ兄ちゃんが手を叩いたのだ。

ルディ兄ちゃんが、にっと口の端を上げる。

「仲直り、完了だな」

「ルディ兄ちゃん！」

私はアル兄ちゃんから離れて、今度はルディ兄ちゃんに抱き付いた。

「ルディ兄ちゃんも、ごめんなさい！　ありがとう！　大好き！」

「ああ、分かってるよ」

ぽんぽんと、頭を撫でられた。ルディ兄ちゃん、好きー！

ほのぼのした空気が、私たちを包んだ。けれど、ほっと安心したのも束の間――

「……それにしても、いったい何があったの？」

立ち上がったアル兄ちゃんが、不思議そうに私の顔を見る。

「ぎくり」

「自分で言うなよ」

ルディ兄ちゃんが呆れた口調で言う。けれど、そんなルディ兄ちゃんに文句を言うこともできず、アル兄ちゃんから顔を逸らす私。

「リリ？」

本当に純粋に疑問に思っている、アル兄ちゃん。うう……。兄ちゃんたちには、心配をたくさん掛けた負い目がある。

でも、まだかさぶたにもなっていないことを話すには、勇気がいる。

しかし、兄ちゃんたちにもう心配を掛けたくない。うーん……

しばらく悩み、そして観念した私は、小さな声で真実を告げた。

「し、失恋、した……」

兄ちゃんたちの反応は、真っ二つだった。

「あー……、辛いな」

私を案じてくれたのは、ルディ兄ちゃん。顔を曇らせている。ルディ兄ちゃん、やっさしーい！

そして、アル兄ちゃんはというと……

「そうなんだ！　失恋したなんて、辛いよね！」

言ってる内容は、ルディ兄ちゃんと同じだ。けれど！

「アル兄ちゃん！　その満面の笑みは何さー！」

「ははは、気のせいだよ」

ぽかぽかと殴りかかる私を、アル兄ちゃんは爽《さわ》やかな笑みを浮かべたまま、軽やかにかわしていく。きぃー！

妹の失恋を喜ぶなんて、酷《ひど》い！　鬼！

「アル兄ちゃんの馬鹿ー！」

「さっきは、大好きって言ってたでしょ？」

私は、アル兄ちゃんを追い掛け回す。

うわーん！

どたばたと廊下で走り回る私たちの耳に、ふいに拍手の音が聞こえた。ルディ兄ちゃんじゃない。ルディ兄ちゃんは、腕を組んで私たちを見ていたもの。

音のした方を見れば、そこにいたのは騎士団服を着たジェイドさんだった。ジェイドさんは、パパの騎士団の団員だ。お腹は真っ黒。これ大事。

ジェイドさんの姿を目にした途端、アル兄ちゃんとルディ兄ちゃんが敬礼をする。

そうか、二人はもう騎士団に入団しているから、ジェイドさんは上司なんだ。

何か、変な感じだ。

「そんな畏《かしこ》まらなくても良い。お嬢さんの前だし、ね」

ジェイドさんは、右手を振る。

「はっ！」

声を揃えて、兄ちゃんたちは敬礼を解く。

ほうほう、ジェイドさん。兄ちゃんたちには、敬語じゃないんだ。やはり、今は部下だからかな。

「ジェイドさん、こんばんはー。さっきの拍手は、何だったんですか？」

あえて空気を読まず、私はジェイドさんに問い掛ける。

ジェイドさんは、にっこりと笑った。

「こんばんは、お嬢さん。いや、何。お嬢さんたちは、いつも微笑ましいと思いましてね」

「そですかー」

つまり、私たちのやり取りをずっと見ていたわけですか。何処《どこ》からですか？　まさか、土下座からですか？

……リリちゃんしゅーりょーのお知らせです。リリちゃんの次回作にご期待ください。

「お嬢さん、遠い目なんかしてどうしました？」

「世の中の、世知辛《せちがら》さを痛感してました」

「相変わらず、不思議な言動をしますね」

ジェイドさんは、苦笑を浮かべている。ぬう。

私とジェイドさんの会話を聞いていたルディ兄ちゃんが、手を上げて話し掛けてきた。

「ジェイドさん、団長との話し合いは終わったのですか」

団長……とは、パパのことだよね。そうか、騎士団モードの時はパパのこと、団長って呼んでるんだ。公私混同はしないんだね！　兄ちゃん、偉いー！

「ああ、それは終わったよ。そうだ、二人を呼びに来たんだった」

「僕たちを？」

聞き返すアル兄ちゃんに、ジェイドさんは頷《うなず》いた。

ジェイドさんから、笑みが消える。

「アルトディアス、ルディガイウス。帰宅したばかりで悪いが、即刻騎士団の会議室まで出向いてくれ。緊急の会議がある」

ジェイドさんの言葉に、兄ちゃんたちは表情を引き締めた。

「何か、あったのですか？」

「……たれ込みがあった。黒色《こくしょく》についてな」

黒色!?

邪魔にならないよう隅にいた私だったけど、驚きについ声を上げそうになってしまった。何とか堪《こら》えたけど！

黒色という単語を聞いて、ルディ兄ちゃんの顔色が変わる。

黒色《こくしょく》とは、黒髪黒目を持つ集団だ。この世界では、黒色を持つ人間は総じて魔力が高い。かつて黒色たちがその力を使い、多くの人々を苦しめた時代があった。

それ故《ゆえ》、黒色は今は迫害の対象となっている。だから迫害されたこの時代の黒色たちは、人々を恨んでいるのだ。

そして、ルディ兄ちゃんはその黒色に苦しめられた過去がある。

「すぐさま作戦が立てられるだろう。急げ！」

「はい！」

兄ちゃんたちは、身を翻《ひるがえ》した。

その際、心配するなと目で伝えてきたので、ドキドキする胸を押さえて私は頷《うなず》いた。

後に残されたのは、私とジェイドさんだ。

「ジェイドさんは、行かなくて良いんですか？」

私の質問に、ジェイドさんは首を横に振る。

「いえ、すぐに後を追いますよ」

なら、何でここにいるのだろう。

ジェイドさんの赤い髪はルル様を思い出させるから、少し辛い。

ジェイドさんは、私が恋しているルル様の異母兄だ。

ルル様のお母さんである先代神子《みこ》が、既婚者であったジェイドさんのお父さんに横恋慕して、ルル様は生まれた。

そんな事情を抱えながらも、母の違う兄弟の仲は良い。ジェイドさんは、ルル様の味方なのだ。

「お嬢さん、神子様のこと、切り捨てないでくださいね」

真剣な声音で、ジェイドさんは言った。いつも飄々《ひょうひょう》としているジェイドさんの真面目《まじめ》な表情に、私は気圧《けお》された。

「何を……」

問い返す前に、ジェイドさんは私に背を向けた。

「……坊っちゃんたちと同じで、兄として弟が苦しむ姿を見たくないんですよ」

「え……」

ジェイドさんが歩き出す。

ルル様が、苦しんでいる？　それは、いったい……

去っていくジェイドさんの後ろ姿に、胸騒ぎを覚える。

ルル様のこと、黒色のこと。何が、起きているのだろう。

「……メル」

『ここに、いますわ』

今まで辛く当たってきたのに、メルは気にした様子もなく、当たり前のように姿を現してくれた。

私はここでも、申し訳なさでいっぱいになる。そして、側にいてくれたメルに、感謝の気持ちが湧いてくる。

「メル、ごめんね」

私の謝罪に、メルはピコピコと小首を傾げた。

私の言葉が不思議だといわんばかりの動きだ。

『リリちゃんが元気になった。それだけで、充分ですのよ？』

温かい言葉に、泣きそうになる。だけど、泣くのを堪《こら》え、言った。

「メル……何かが起きようとしているみたいなの」

『ええ、空気がざわついてますわ』

不穏な空気をメルも感じとっていたらしく、私に頷《うなず》き返す。私は、そんなメルを胸に抱いた。

私の心配に気付いたのか、メルは笑みを浮かべる。

『大丈夫ですわ、リリちゃん。わたくしが、側にいますわ』

「うん、ありがとう。メル」

頼もしいメルの言葉に、私は微笑んだ。メル、カッコ良い！

黒色《こくしょく》の脅威はあるけれど、今はパパや兄ちゃんたちを信じよう。信じることしか、私にはできないのだから。

第2章　始まり

不穏な空気を孕《はら》みつつ、それでも日々は過ぎていった。

あれから兄ちゃんたちは、騎士団の隊舎で寝泊まりすることが多くなった。

騎士団長であるパパも、当然だけど全然帰って来ない。ぐすん。

ママと二人きりの夕食は、味気ない。リリちゃん、寂しいよーう。

「ママ、パパたち今日もいないね……」

しょんぼりと項垂《うなだ》れる私に、ママは困った顔をする。いつもはにこにこ笑顔のママも、最近はお顔が暗いのよ。

「お仕事が忙しいの。仕方ないことなのよ」

「うん……」

それは、分かっている。だから、私は黙るしかない。

……黒色。ジェイドさんは、確かにそう言っていた。たれ込みがあった、と。たれ込みの内容とは、何だったのだろうか。黒色は、また何かをしようとしているのか。

もしかして、あの時のようにルディ兄ちゃんを苦しめようというのか。それとも、ルル様を狙っているとか……

分からない。私には、何も知らされていないから。パパや兄ちゃんたちが、何の為に夜遅くまで任務に当たっているのかも知らない。分からないことだらけだ。

私はルル様が心配だった。ルル様の身に何かあったらどうしよう。

勿論《もちろん》、ルル様だけじゃない。パパや兄ちゃんたちも危険な目に遭ってしまったら。

今まで、深く考えたことはなかったけれど、戦いに身を置く人を身内に持つのって、こんなにも不安なんだ。こんなにも、辛いんだ。

スプーンでスープをかき混ぜながら、私は思考の海に沈んだ。

翌日、私は学校の教室で荷物を片付けていた。もう、放課後なのだ。クラスメイトたちは、我先にと教室を飛び出して行く。皆、元気だなぁ。

宿題も出てるし、早く終わらせて遊びに行きたいんだろうな。

私は、肩にちょこりと座るメルを見る。

「メル、図書館行こー」

『ええ、分かりましたわ』

今日は、宿題に調べものがある。本を借りてこなければできない内容だ。宿題は嫌だけど、ちゃんとやらなくちゃねー。だってリリちゃん、真面目《まじめ》さんだし。

ロロくんも誘おうかと思ったけれど、教室にロロくんの姿はもうなかった。先に行っちゃったのかな。

だけどロロくんは同じクラスだから、私と一緒の宿題が出ている。つまり、ロロくんも図書館に向かっている筈《はず》だ。

『今から追えば、間に合いますわ』

私の考えが分かったのか、メルはにこやかに言う。

「そだねー」

ロロくん、宿題教えてくれるかなー。

そんなことを考えながら、私は席を立った。

「リリちゃん、さようならー」

教室に残っていたお友達の女の子たちに声を掛けられる。彼女たちも、私が誰ともコミュニケーションを取りたがらなくなっていたあの時期を経ても離れていかなかった子たちだ。有難《ありがた》や。

私は、本当にたくさんの人たちに支えられていたのだ。今更かもしれないけど、日々実感している。

「うん。また明日ねー！」

友達に手を振り、教室を後にする。彼女たちとも勿論仲は良いけれど、でも、一番仲良しなのは、やっぱりララちゃんとロロくん、そしてベルくんだ。ララちゃんとベルくんは学校では会えないけれど、心の友っていうのかなー。

ベルくんといえば、魔法学校で元気にやってるらしい。お手紙来たもん。色んな魔法を習得中だって！　どんな魔法を使うのかな？　水とか炎とか？　空に浮いちゃったり？

魔法を使っているベルくんを想像する。

良いなー、楽しそう。

いやいや、私だってユーフェルで色んな授業受けてるもんね。一番の特徴は精霊学かな。

精霊学は奥が深いんだよ。精霊の生態とか、人間と精霊とのかかわりの歴史とか学べるからね！

まあ、精霊って、大部分が謎に包まれてるんだけどねー。そんなことを思いながら、肩に座るメルを見る。こうしてると普通の精霊さんだけど、でも実はメルは貴婦人の姿になれて、その姿で剣を使って戦うし。しかも凄く強いんだ。

私は過去に一度だけ見たことがある、戦うメルの美しい姿を思い出す。

色々なことに思いをはせながら図書館へ向かっていると、途中で何人かの外部の人とすれ違った。皆、首から入館許可証をぶら下げている。ユーフェル高等学校の図書館は学外の人たちにも開放しているから、外部の人の来館も多いのだ。

うちの図書館、立派で大きいからねー。利用したい気持ちも分かるよ。

通りかかった中庭には、ラッツフェル幼等学校と同じく椅子とテーブルがあった。そこでは何人かの生徒が談笑したり、勉強したりしていた。

私たちも幼等学校時代、皆でよくああして宿題したな。懐かしいなぁ。

宿題やらなくちゃいけないのに、私とベルくんがふざけて遊んでさ。それをロロくんが怒って、ララちゃんが宥《なだ》めてくれるの。

それで、私とベルくんが平謝りしたあと、ルディ兄ちゃん作のお菓子を登場させて、ことなきを得る。それが、あの頃の日常だった。……本当に、懐かしい。

日差しはぽかぽかしているし、こうしてみると平和なんだけどなぁ。

黒色の暗躍《こくしょく》があるなんて、信じられない。

「眠くなる陽気ですなぁ、メルさん」

『そうですわねぇ』

メルと二人で暢気《のんき》な会話をしていると、図書館の前に見慣れた姿を見つけた。黒い髪だ。この学校で黒髪といったらロロくんしかいない。やった、追い付いたんだ！

「ロロく……」

後ろ姿のロロくんに声を掛けようとしたのだけれど、ロロくんが人と話しているのに気付き、止めた。日の光で輝く白銀の髪の、麗人――。そう、ロロくんはシアンさんと話していたのだ。シアンさんは、入館許可証を首から下げていた。図書館に用事があったのかな。

珍しい組み合わせだと思う。声を掛けたいけれど、二人とも楽しげに会話している。何だか邪魔したら悪い雰囲気だ。

『どうしましょうか、リリちゃん』

私と同じことを考えたらしいメルが、そう問い掛けてくる。

「うーん、もう少し待ってみようか？」

『そうですわね』

……それにしても、シアンさんとロロくんかぁ。うーむ。何だろう、この気持ち。二人とも、私と仲が良い。だから、二人が親しくしている姿は好ましい筈《はず》だ。なのに、もやもやする。

笑い合う二人の姿が、何だかしっくりこないのだ。

「シアンさんは……ルディ兄ちゃんの、なのに」

無意識に呟いた言葉に、あっさりとそのもやもやの正体が分かった。私は、ロロくんに嫉妬《しっと》したんだ。シアンさんは、私の前世のお父さんをその身に宿している。そんなシアンさんを、ロロくんに取られるかもって。

シアンさんとルディ兄ちゃんは、前世で私の両親だった。勿論《もちろん》、今の二人のことをお父さんとかお母さんとか、思っているわけではない。だけど、だけどね！

シアンさんは、とても美しい人なんだよ。

今だって、図書館から出てきた生徒たちが、男女問わずシアンさんに見惚《みと》れているし。あっ！前見てないから、転んだ人もいる！

そんな罪作りなシアンさんがまさか……

な、ないよね、シアンさんがルディ兄ちゃんより、ロロくんを好きになったりとかとか！

な、ないよね、ロロくん。シアンさんのこと、好きになっちゃうとかとかとか！

前世ではお父さんの病死という悲しい別れをしてしまった、私――なの両親。だからこの世界では、性別は逆になってはいるけれど、二人で幸せになってほしい！

そんなことを、リリちゃんちょっと考えていたりするわけですよ。その二人が、まさか結ばれないなんてことが!?

疑心暗鬼《ぎしんあんき》に陥《おちい》った私は、ぐぬぬぬと唇を噛む。リリちゃん、ピンチ！

『リリちゃん、リリちゃん。お顔が、凄いことになってますわ』

「え、嘘！」

ママにそっくりな愛らしい顔が⁉　いかん、いかん。冷静になれ、私。

自分に強く言い聞かせ、私は再びロロくんたちを見た。

すると、ちょうど話が終わったのか、シアンさんがロロくんから離れて私たちの方に歩いてくるのが見えた。ヤバい、リリちゃんの凄い顔、見られちゃったかな！

しかし、シアンさんは目を伏せたまま歩みを止めない。私に気付いていないようだ。

——シアンさん、笑っていた。

いつも私やルディ兄ちゃんに見せる温かみのある笑顔じゃない。冷たい、底冷えするような冷たい笑みを浮かべている。私の背筋が、ぞくりと冷たくなった。

「シ、アン、さん……っ！」

思わず、名前を呼んでしまった。

「おや、リリじゃないか」

私に気付いたシアンさんが微笑んだ。さっきのとは全然違う、温かい笑みだ。良かった、いつものシアンさんだ！

シアンさんは、私に近付くとほっと息を吐いた。

「良かった。元気そうで……」

「シアンさん……」

そうだ、シアンさんとはルル様に失恋した日に会って以来だった。あの日、私はシアンさんの前で号泣したんだっけ。は、恥ずかしい！

何て姿を晒《さら》してしまったのだ。しかも、弁明するのも忘れてた！

「心配掛けて、ごめんなさい！　でも、もう大丈夫です！」

「そう……なら、良いんだ」

安心したように笑うと、シアンさんは私の頭を撫でた。えへへ。シアンさんにこうされるの好きー！

ふと、シアンさんの手から、蜂蜜《はちみつ》の匂いがした。シアンさん、お菓子持ってるのかな。

「リリの幸せが、僕の幸せだよ」

お菓子のことを聞こうとした私だったけど、言われた言葉に舞い上がってしまった。

シアンさんの声は、慈愛に満ちていて、何だか恥ずかしくなってしまう。でも、嬉しいな。シアンさんに、こんなにも思われているなんて。

私をいとおしそうに見つめるシアンさんの目に、偽《いつわ》りはない。前世のことも含めて、私のことを大切に思ってくれてるんだ、きっと。

だからシアンさんは、ルディ兄ちゃんのことも大事に思っているに違いない。そんなシアンさんを疑うなんて、私ったら！

自身を恥じていると、シアンさんが口を開いた。

「じゃあ、リリ。僕はもう行かないと」

「あ、はい！」

私の頭をもう一度撫でたシアンさんは、手を振ると去って行った。

シアンさん、相変わらず優しかったなぁ。えへへー。

と、私がにやけていると、きゅぽんという音がして、メルが現れた。あれ？　そういえば、メルの声ずっとしていなかったような。

「メル、どっか行ってたの？」

私の問い掛けに、メルは首を傾げた。自分でも分からない、そんな顔だ。

『実は、急に気分が悪くなってしまって。今は、平気なのですが……』

気分が悪くなったメルは、私とシアンさんから少し離れて休んでいたそうだ。

でも、しばらくしたら回復したという。

「何でだろう」

『分かりませんわ』

まあ、今は大丈夫そうだし、良いかな。また何かあったら、先生やパパに聞いてみよう。精霊も気分が悪くなることがあるんですか、って。パパたちなら、何か知ってるかもしれないし。

今は私の肩にご機嫌に腰掛けるメルを見て、そう考える。

そして私は、メルを連れて図書館に向かうのだった。

「シアンさんは、渡さないんだからね！」

図書館内で、ロロくんをつかまえた私は、ロロくんの顔を指差し、宣言した。

周りで本を選んでいる生徒たちが何事かと見てくるが、気にしない。気にしないぞ。リリちゃん、鋼《はがね》の精神なんだから！

「意味が分からない」

本棚の前で、ロロくんは眉を寄せた。その顔は軽蔑しきっているな。あうっ。

鋼の精神が、ガラスの精神に変化した。

「いや、だって……さっき、シアンさんと、話してたでしょー？」

指差ししたまま、私は言う。

その指を、ロロくんは不快そうに見ている。くっ、ガラスの精神が……っ！

「それがどうした」

うっ、ロロくんクール！　微塵《みじん》も動揺しないロロくん、カッコ良いよ！

「だ、だから。ロロくん、シアンさんのこと好きになったり、とか？」

しどろもどろで言う私に対し、

「リリ……」

ロロくんは、盛大なため息を吐《つ》いた。うっ、心底呆れられている！

それからロロくんは、棚から抜き取った本で迷うことなく私の頭を叩いた。

「あぺしっ！」

鋭い一撃だ。

「この馬鹿、阿呆、単細胞」

続けてロロくんから容赦のない言葉攻撃が炸裂《さくれつ》する。

「ひ、酷《ひど》い！」

私は、真剣だったのに！　これでも、真剣に悩んだのに！

傷がないか確認するように、本の表面を撫でるロロくん。私より、本が大事なの⁉

ロロくんの代わりに、メルが頭を撫でてくれた。メルー！

「シアンさんとは、精霊について、真、面、目、に！　議論してただけだ。馬鹿リリ」

「うう……」

あれー？　私の勘違い？

「あと、僕のほしかった参考書が街の本屋にあることを教えてくれた、親切な人だ」

だから、邪推《じゃすい》するなとロロくんに念を押された。はい！　すみませんでした！

「ロロくん、ロロくん。ごめんねー？」

両手を合わせて、私は謝った。

『リリちゃんは、ちょっとおっちょこちょいなだけですわ』

メルが援護してくれる。……援護だよね？

「分かれば良い」

まったくリリは……と、ロロくんは苦笑いだ。本当にすみません。私は反省しきりだ。

……それは、それとして、だ。

「まあまあ、ロロくん。機嫌を直して、今日の宿題をやるにあたって良い本があったら教えてくれたまえ」

「リリ……」

あ、今ロロくん、駄目だこの子って思ったでしょー？　ふふん、リリちゃんにはお見通しなんだから！　何年友達やってると思うんだ！

だってさっきまですっかり忘れてたけど、今私は宿題の為に図書館に来たんだった。てへり。すっかり失念していたよ。私ったら、お馬鹿さん！

……自分で言ってて、何だか虚《むな》しいな。

「はあ……、仕方ないな」

また、ため息を吐《つ》いたロロくんは、渋々ながらも本棚から数冊の本を選んでくれた。有難《ありがた》や！

「じゃあ、一緒に宿題でも……」

ついでにしていかないかい？　と誘ったんだけど、ロロくんは首を横に振った。

「これから、行きたい場所があるから」

ロロくんは本当に済まなさそうな顔をして言った。それなら仕方ないよね。リリちゃん、我慢できる子だもん。

「そうか。残念だけどまたの機会に、だよね」

「ああ、済まない」

「気にしなくて良いよ！」

ロロくんとの勉強会は、いつでもできるし！

行きたい場所って、ほしかった参考書がある店かな。

そう思っていたところで、ふと気付いた。妙に静かだ。

「ロロくん、ニルは？」

『先ほどから、姿がありませんわ』

そうなのだ。いつもなら、ロロくんの肩や頭に乗っかっている筈《はず》のニルがいないのだ。

私とは幼い頃の友達でもあるニル。どうしたんだろう？

私とメルの言葉にロロくんは、困ったように笑う。

「それが、ちょっと前に気分が悪くなったと言って、今はいないんだ」

「そうなの！」

「少し休めば、大丈夫だと言っていなくなったよ」

「そ、そうなんだ」

そういえば、メルもさっき気分が悪くなったと言っていた。何か関係あるのかな。でも、メルはすぐに復活したし……

精霊の間で、風邪でも流行《はや》っているのかも。それは、大変だ！

今度、パパに聞いてみよう。精霊が同時に体調を崩すことがあるのかを。というか、そもそも精霊って体調崩すの？　そういうことも、これから精霊学で習うのかもしれないけど、今の私にはまだ分からないことだらけだ。

「リリ、メル。僕、もう行くよ」

「あ、うん！」

『さよならですわ』

ロロくんは、本を抱えて歩き出した。宿題は、お家でするのかな。

そんな呑気なことを考えながらロロくんを見送ったこの時の私は、まだ知らなかった。

これから長い長い夜が、待っているなんて――


今日も、パパや兄ちゃんたちは騎士団の仕事で帰って来られないそうだ。その知らせを聞いた私は、ガクリと肩を落とした。

最近、本当にパパや兄ちゃんたちと会えていない。

忙しいのは、分かっている。黒色《こくしょく》の残党は脅威だということも。

だけど、家族が揃わない日が続くと、寂しさが募ってきて、我《わ》が儘《まま》な考えばかりが浮かんでしまう。

今までは、子供部屋で勉強していれば当たり前のように兄ちゃんたちが相手してくれた。

アル兄ちゃんは勉強をみてくれて、ルディ兄ちゃんは休憩にお菓子を持ってきてくれて。兄妹仲良く過ごしていたのだ。

だけど、今は誰も来ない。子供部屋の扉を閉めて、私は自分の部屋へと向かう。

『リリちゃん。リリちゃんには、わたくしがいますわ』

廊下を歩く私の肩に、メルがそっと乗る。

「メル……ありがとう」

『リリちゃん……』

それでも寂しさは拭えなくて、私はとぼとぼと自分の部屋に入る。

そして、しょんぼりしたまま机に向かい、宿題を始めた。

しばしの時間が経ち、漸《ようや》く宿題は終わった。誰かが相手をしてくれる時は、同じくらい大変な宿題でもそれなりに楽しいのに……なんてことを思いつつ、大きく伸びをする。うー、肩が凝《こ》ったぁ。

窓の外を見れば、すっかり茜色《あかねいろ》を通り越し、薄暗くなっている。ちょっと熱中し過ぎたようだ。

『お疲れ様ですわ、リリちゃん』

黙って見守ってくれていたメルが、飴玉《あめだま》を差し出してくれた。メルの気遣い屋さんめ。わーい。

「ありがとー、メル」

受け取り、飴玉を口の中に放り込んだ。とたんに、口いっぱいに甘味が広がる。あっまーい！　美味《おい》しーい！

ころころ舌で飴玉を転がし、私は宿題を鞄にしまう。そうだ、ついでに明日の時間割もそろえちゃおう。

椅子から立ち上がると、足が痺《しび》れているのに気付いた。ずっと座っていたからなぁ。

「さて、明日必要な教科書は、と」

私が、本棚から教科書を探していると、外からガラガラという車輪の音がした。

窓の外を見れば、見慣れない馬車が我が家の玄関へと向かっている。結構なスピードが出ていて、慌ただしい雰囲気だ。急な来客だろうか。こんな、遅い時間に？

ほどなくして、玄関ホールが騒がしくなった。

何だか嫌な感じがする。不安から、私は口の中の飴玉を噛み砕いた。がりがり、ごりごり。

『リリちゃん、それは邪道ですわ！』

飴玉ぼりぼりを、メルに非難された。邪道って何だよー。ごくん。

「飴玉にも、作法ってあるのー？」

私の問い掛けに、メルは腰に手を当てて、胸を張った。

『勿論《もちろん》ですわ！　メル流飴玉作法なる……』

「それ、持論じゃんかー」

『まっ！　酷《ひど》いですわ、リリちゃん！』

ぷりぷりと怒り出したメルは、私に背中を向ける。

あちゃー、メルって怒ると長いんだよー。どーすっかなー。しまったなぁ。

しかし、一つの飴玉から始まりそうだった喧嘩《けんか》は、扉のノックで中断された。助かった！

「リリアンナ様、いらっしゃいますか？」

メイドさんの声に、私は扉に駆け寄って開ける。

「はーい、いますよー」

私の姿を見て、メイドさんはあからさまにホッと息を吐いた。何だろう？

「リリアンナ様、いましがたロロウェン伯爵家のエイリ様、という方がいらっしゃいまして……」

ロロウェン伯爵家……あ！

「ロロくんのお家だ！」

それにエイリって、ロロくんのお兄さんの名前だ！

「はい。それで、リリアンナ様に急用があると……」

「私に？」

『ま、何でしょう？』

私とメルの疑問に、メイドさんは曖昧《あいまい》に笑った。きっと、内容を知らないのだ。

「分かりました。すぐ、行きますよー」

「では、こちらへ」

メイドさんの先導で向かったのは、玄関ホールだった。ホールには、ママも家令《かれい》のアルベルトさんもいた。

皆、集まってどうしたんだろう。

「リリちゃん……」

ママが困ったように、私の名前を呼ぶ。いや、困っているというよりは、戸惑っている？

そんなママを押し退《の》けて、一人の男性が現れた。青い髪で紫色の目の、ロロくんのお兄さんだ。

前に一度会ったことがある。幼等学校時代にロロくんが風邪を引いて、私とララちゃんでお見舞いに行った時だ。あれから月日は経ってるけど、雰囲気は変わっていない。すぐにエイリさんだと分かった。

　エイリさんの肩には、ニルが座っていた。あれ？　何故、ニルがここに？

「君は、リリアンナさん！」

　エイリさんは、切羽詰まった様子で私に近付く。顔色が悪く、相当焦っているみたいだ。

『リリちゃん、大変ニャ！』

　ニルにも、いつものほんわかした空気がない。

「リリちゃん、こちらエイリさんといって、ロロくん――ロロウェン伯爵家のユリウスくんの、お兄さんなの」

　ママが説明してくれる。

「うん、知ってるよ。以前お会いしたことがあるの」

「まあ、そうだったの」

「あのっ」

　私とママの会話は、エイリさんにより遮《さえぎ》られた。

　エイリさんは、必死な顔のまま頭を下げる。

「突然の訪問、申し訳ない。ですが、リリアンナさん。弟を……ユリウスの行方を知りませんか!?」

「へ……！」

　ロロくんとは、学校の図書館で別れたきりだ。

必死なエイリさんの様子に、不安がせり上がってくる。

『リリちゃん、ロロくんがいなくなったんニャ！』

「え……っ」

ロロくんがいなくなった？

ドクドクと、心臓が嫌な鳴り方をする。

「ユリウスは、街の本屋に立ち寄ったのを最後に、姿を消したのです」

エイリさんの話によると、ロロくんは伯爵家の馬車で移動し、本屋で降りた。それは確からしい。

そして、いつまで経っても帰って来ない為、御者《ぎょしゃ》さんが本屋の中へ入り、店内そして外をくまなく探したという。それでも、ロロくんを見つけられなかったそうだ。

しかも、いつもロロくんの側にいるニルも、今日は気分が悪いと別行動中だった。

「騎士団の方には？」

ママが心配そうにエイリさんに問い掛ける。

「もう、話してあります。届け出も……」

警護の騎士団に報告しても、心配で仕方がなかったのだろう。何か分かればと、私のところへ来たのだ。エイリさんを見れば分かる。どれだけ、ロロくんのことを大事に思ってるかが。

『ニル、貴方にも分からないの？』

メルの言葉に、皆の視線がニルに集まる。そうだ！　ニルは、ロロくんとシルディ・ナーラしている。他者にはない、特別な絆《きずな》があるじゃないか。私は、期待を込めてニルを見た。だけど……

『駄目だったニャ。いくら試しても居場所が分からないニャ。こんなこと、初めてニャ……』

『そんな……。シルディ・ナーラした精霊でも、探せないなんて……！』

ニルは、気分が悪くなっていたとはいえ、ロロくんの側から離れたことを悔やんでいるようだった。

ニルのしょげかえった姿に、私の不安はどんどん膨れ上がっていく。

ロロくん、ロロくん……！

最後に見た後ろ姿を思い出す。あれが、ロロくんの最後……？　やだよ、そんなのやだ！

「街の本屋って、何処《どこ》ですか！」

私は、エイリさんに詰め寄った。

「え……、大通りにある、菩提樹堂《ぼだいじゅどう》という店、だけど……」

私の勢いに面食らいながらも、エイリさんは教えてくれた。

それだけ聞けば充分だ。私は、玄関ホールから飛び出した。

「リリちゃん……！」

ママの声が聞こえても、足を止めることはできない。

外はもう、真っ暗だった。こんな暗い中、ロロくんは何処にいるのだろうか。

走りながら、私は口を開く。

「メル、私を街まで運べる？」

『はい、できますわ！』

私の肩に座るメルの頼もしい言葉に、私は頷《うなず》き返す。

「じゃあ、運んで！」

『場所は、大通りですわね』

さすがメルだ！　よく分かってる！

私は、大きく頷き返した。

『では、いきますわよ』

メルの言葉と共に、私の体が光る。温かい光だ。

後ろの方でママやメイドさんの声がしているけど、今は構っていられない。

私の心は、ロロくんのことでいっぱいだ。

ふっと、体が軽くなったかと思うと、視界が暗転する。

そして気付けば、私は街中にいた。といっても、お店とお店の間にある路地裏だけど。お陰で目立たずに済んだよ。

「菩提樹堂って、一回行ったことがあるんだ」

『そうなんですの』

路地裏から、表通りに出る。あたりはすっかり薄暗くなっていて、街灯の灯《あか》りで周囲が確認できる状況だ。

だけど人は結構いるから、夜でも怖くない。

夕食時だからか、お店で買い物をしている親子連れもいる。友人同士、肩を組んでふざけている人たちもいた。当たり前の日常が、ここにはあるのだ。

「メル、メルにロロくんの居場所が分かったりはしないの？」

ロロくんと特別な絆《きずな》で結ばれているニルでも探せなかったのだから難しいかも……と思いつつも、それでもすがりたかった。

私の肩に乗るメルが、顔を曇らせる。

『ニルが駄目でしたら、わたくしにも無理かと……』

メルの言葉に、私は手をぎゅっと握った。

嫌な想像が、頭を過《よぎ》る。

ロロくん、大丈夫かな。わ、悪い人に捕まったりしてないかな。怖い思いしてないかな。心配だ。凄く、心配だ。

「ここが、菩提樹堂《ぼだいじゅどう》だよ」

本屋さんでは、メルには姿を消してもらった。精霊の姿が見えて騒ぎになっても困るし。

店の中をぐるぐると回り、ロロくんが好きそうな歴史書や精霊に関する本が置かれた棚を巡る。

勿論《もちろん》、参考書の棚の前も念入りに見た。

だけど、ロロくんの姿は何処《どこ》にもない。当たり前だ。御者《ぎょしゃ》さんも、散々探したのだ。

ならば、ロロくんは何処に？

勢いで家を飛び出して来たけど、私に手掛かりなんて何もないのだ。

ロロくん、本当に何処にいるの？

本屋さんから出て、私は俯《うつむ》いた。大通りではたくさんの人が笑顔で歩いている。私の心情とは、まるで別世界だ。

「メル、お願い。ロロくんを探して……」

『……分かりましたわ』

すがるように、メルにお願いをした。メルの声は、躊躇《ためら》いの為か、とても小さかった。

メルの気配が遠ざかる。ロロくんを探してくれているようだ。

でも、メルの気配はすぐに戻ってきた。

『やはり駄目ですわ、リリちゃん。ロロくんの居場所は分かりません』

「そんな……っ」

どうしよう、どうしたら、良いんだろう！

心臓がバクバクと鳴る。涙が零れそうだ。

ロロくんは、私が何もかも嫌になった時に見捨てないでくれた、私の大事な友達だ。なのに、その友達に何かがあったかもしれない今、私は何もできないの？

嫌だ。そんなの、嫌だ！

私は、決めたのに。私を支えてくれたララちゃんやロロくんの力になるって！

それなのに、こんなにも無力だなんて――

「ロロくん……っ」

不安や恐怖で、心が押し潰されそうになった時だった。

「リリ？」

私に近付く人影と、そして、何故か蜂蜜《はちみつ》の甘い匂いがした。

のろのろと顔を上げたそこにいたのは——

「シアンさん……」

白銀の髪を持つ、男装の麗人だった。

その姿を見た瞬間、私はシアンさんに走り寄っていた。

「シアンさんっ、ロロくんが、ロロくんが……っ！」

シアンさんの腕を掴み、必死に言い募る。

「ロロくん……？」

シアンさんが不思議そうに聞き返すのも、もどかしい。何で分かってくれないの！

「ロロくんは、ロロくんだよ！　私といつも一緒の……っ」

『ユリウスくんのことですわ』

メルが、冷静に訂正する。

声だけしかしないメルにシアンさんは一瞬驚いたようだけど、すぐに姿を消しているのだと気付いたらしい。

「精霊さん、いたんだね」

『ええ、お久しぶりですわ。シアン様』

二人の会話に、私は苛々と足を踏み鳴らす。暢気《のんき》に会話してる場合じゃないよ！　ロロくんが、大変なんだよ!?

「ロロくんが……っ！」

掴んだ腕を揺さぶる私に、シアンさんは微笑みを向けた。まるで安心させるように。そして、

「彼なら、僕の家にいるよ」

と、さらりと爆弾発言をした。

「え、え……？」

シアンさんは、そっと屈んで私の耳元で囁《ささや》く。

「ユリウスくん、誰かに追われていたみたいなんだ。それで、たまたま出会った僕が保護して匿《かくま》っているんだよ」

シアンさんの言葉に、私は両目を見開く。ロロくん、追われていたの!?

「い、今は、大丈夫なんだ、よね？」

不安を抱えつつ尋ねれば、シアンさんは力強く頷《うなず》いてくれた。

「誰にも分からない場所に、いるからね」

「そ、そっか……」

良かった……ロロくん、無事なんだ。

私の体から、力が抜けた。ずっと張り詰めていたものがほどけていくようだ。

『そこは、精霊の力も及ばないんですの？』

メルが、少し硬い口調で聞いた。

そうだ。

メルはともかくとして、契約精霊であるニルでも探し出せなかったのだ。

それは、異常な事態だと言える筈《はず》。

そう思いじっとシアンさんを見つめれば、何故か彼女の笑みが深まった。

「シアンさん……？」

名前を呼べば、シアンさんは笑顔のまま頷《うなず》いた。

「そう言えば、リリにはまだ話していなかったね。実は僕は、魔法の研究を独学でしていてね。ユリウスくんは、僕が魔法を掛けた部屋にいるんだ、用心の為にね。しかし、今の言葉で分かったよ。僕の魔法は、精霊の力も弾くんだ。それを知ったら、嬉しくてね」

研究が実《みの》った気がして気分が良くなったのだと、シアンさんは笑った。

シアンさんがそんな研究をしているなんて、初耳だった。そういえば、私はシアンさんが学校を卒業してから何をしているのか知らなかった。自宅にずっといると聞いたことがあった気がするけれど、詳しくは知らない。魔法には防御に特化したものもあるというから、もしかしたら、シアンさんはその魔法の研究をしているのかもしれない。

今度時間がある時に、何の研究をしているのか聞いてみよう――

そんなことを考えられるほどには、気持ちに余裕ができていた。

だって、ロロくんが無事だと分かったのだから。

『わたくしたちの力が弾かれるなんて、凄いですのね』

メルは、やはり硬い声のままシアンさんに言う。

何故かメルは、何かを警戒しているようだ。

「お誉めにあずかり、光栄だね」

メルの態度を気にした様子もなく、にこにこと上機嫌に笑うシアンさん。

「リリ、ここで会えたのも何かの縁だろう。彼に会いたいかい？　ユリウスくんのご実家に連絡するのは多少遅れてしまうけど、リリさえよければ、彼のところへ連れて行ってあげるよ」

シアンさんの問い掛けに、一瞬エイリさんのことが頭を過《よぎ》った。けれど、私は頷いた。ロロくんの無事な姿を、一刻も早く見たかったのだ。

「……すぐ近くに騎士団の詰所があるから、先に連絡してこようか」

私の一瞬のためらいを感じとったらしく、シアンさんはそう提案してきた。その手があったか！　さすが、シアンさんだ！　騎士団の詰所なんて、思いつきもしなかった。まだまだ冷静になれていないな。

「はい、お願いします！」

シアンさんは、私の返事を聞くと「じゃあ、少し待っていて」と言って、人混みの中に消えていった。

残された私は、肩に乗っている筈のメルに話し掛ける。

「良かったね！」

『ええ、運が良かったですわ。……良すぎる気がしないでもないですが』

メルが、難しそうな声で言った。何か引っかかっているようだ。

メルの態度は気になるけど、今はロロくんが優先だ。私は逸《はや》る気持ちを、何とか鎮める。

「早く、ロロくんに会いたい」

『そうですわね』

「エイリさんも、きっと安心してくれるよね」

『ええ、勿論《もちろん》ですわ』

そんな会話をしていると、ほどなくしてシアンさんが帰ってきた。意外と早かったように感じる。

シアンさんは、私に微笑み掛けた。

「じゃあ、行こうか」

「はい！」

はぐれないように、手を繋ぐ。えへへ、シアンさんとお手て繋いじゃったー。ぎゅー。

シアンさんの手、ちょっとひんやりしてる。

「シアンさん、シアンさんのお家は近い？」

「ああ、すぐそこの屋敷だよ」

「そうなんだー」

ロロくんの心配がなくなり、私は上機嫌だ。シアンさんに、ぴったりとくっつく。

そうしたらシアンさんから、やっぱり蜂蜜《はちみつ》の匂いがした。図書館で嗅《か》いだのと同じ匂い。

でも、何だろう。ちょっとツーンとするような……

「シアンさん、蜂蜜食べた？」

そう聞けば、シアンさんが僅《わず》かに息を呑んだ。でも、それは一瞬のことで、すぐにいつもの優しい笑みを浮かべる。

今の反応は、何だろう。

「……昼に、蜂蜜漬けの菓子を食べたから、かな。匂いが残ってしまったかもしれないね」

「そうなんだ！　リリちゃんも、蜂蜜大好き！」

「はは、お揃いだな」

「うん！」

不思議だ。シアンさんと一緒だと安心できる。

シアンさんの綺麗な横顔を、見上げる。シアンさん、微笑んでいる。それって、私と一緒にいるからだったりするのかな。そうだと、良いな。

街の中で、何人もの親子連れとすれ違う。

皆、笑顔だ。さっきまであんなに遠く感じた人たちが、今はこんなにも身近だと思えるから不思議だ。

「シアンさん」

「何だい、リリ」

聞き返してくれるシアンさんに、私は嬉しくなる。そういった何でもないことが、幸せだ。

「シアンさん、好きー」

はにかみながら、シアンさんに笑い掛ける。伝えるのは、私の本心だ。

前世で、お父さんが生きていたらこんな風に伝えられたのかな。こうやって、手を繋いで歩いたのかな。お母さんとしたみたいに。

そう思っていたら、するっとシアンさんの手から力が抜けた。あれ？

見ると、シアンさんの横顔からは表情が抜け落ちていた。

手が離れそうになって、私は慌てて強く握り締める。私の手の力に、シアンさんはハッと目を瞬《またた》かせた。

そして、すぐに私の手を握り返してくれた。

どうしたんだろう。今のシアンさんは、何処《どこ》かおかしかった。

「シアンさん……」

「あ、ああ。すまない。リリが急に可愛いことを言ってくれるから、驚いてしまって……」

シアンさんは、苦笑を浮かべている。

しまった。調子に乗りすぎたか。図々《ずうずう》しい子だと思われてないかな!?

「シ、シアンさん、あの……」

言い訳をしようと口を開いたら、すっと、シアンさんに握っていない方の手で唇を押さえられてしまった。むごむご。

「良いんだ、リリ。僕は、嬉しいんだよ」

「もご？」

嬉しい？　本当に？

「ああ、ごめんね」

シアンさんは、私の唇から手を離した。

「リリ、あのね。僕にとって君は、今も昔も、大事な子供だよ」

「シアンさん」

本当？　私は、シアンさんにとって大事な存在なの？

……だとしたら、それは、何て幸せなことだろうか。

繋いだシアンさんの手は、相変わらずひんやりしている。それでも、シアンさんの少しの体温が、私の心を温めてくれた。

それからしばらく、私たちは寄り添って歩いた。

「ああ、ほらリリ。屋敷が見えてきた」

シアンさんの指差す方に、古びた門が見えてきた。あそこに、ロロくんがいるんだ！そうだ。ロロくんと再会できた後に、改めて大好きってシアンさんに言おうっと。ロロくんを守ってくれてありがとう、ってことと一緒に。

私の心は、ぽかぽかしていた。

第3章　異界への道

門を入った先の道は、ひび割れていた。

シアンさんのお家は、随分とくたびれているようだった。お庭の花壇は、花が枯れてたり、草が生えてたりと荒れ放題だ。お屋敷も、壁に蔦《つた》が絡まっているし。蜘蛛《くも》の巣はないみたいだけど……

辺りが薄暗いこともあって、何だか……

「お化け屋敷みたいでしょ？」

「い、いや、その……」

自嘲《じちょう》気味なシアンさんの言葉は、返答に困るものだった。

確かに、何か出そうな雰囲気ではあるけど、だけど、それを正直に言うのは憚《はばか》られた。シアンさんに、嫌われたくないのもある。

「人の手が足りないらしくてね。殆《ほとん》どの使用人を解雇したみたいだし」

まるで他人事のような顔をして、シアンさんは肩を竦《すく》めた。

「そ、そうなんですか……」

いつかの、ウェルナお姉ちゃんの婚約パーティーを思い出す。私の従姉《いとこ》であるウェルナお姉ちゃんは王族と結婚したから、そのパーティーはかなり盛大だった。

あの時見たシアンさんの父親は、きちんとした格好をしていた。とても、こんなお屋敷に住んでいるようには……

シアンさんは、お屋敷を見上げる。

「数年ぐらい前は、もっとずっとマシな外装をしていたんだけどね」

「そうなんだ……」

この数年間で、何かがあったのだろうか。

私の問い掛ける視線に気付いたのか、シアンさんは苦笑を浮かべた。

「まあ、よくある商売の失敗ってやつさ」

「はあ……」

シアンさんの声には、重みがない。まるでただの世間話をしているみたいに軽い。

他人の家のことを話している感じだ。

何とも言えない顔をしていると、繋いでいた手を離され、そっとシアンさんに背中を押される。

「さあ、屋敷の話よりユリウスくんだ」

「そうでした！」

私は、ロロくんの無事を確かめに来たんだよ！　リリちゃん、うっかりさん！

シアンさんに促《うなが》され連れて来られたのは、お屋敷の中ではなく、お屋敷の横にある小さな庭だった。

そこも手入れがされていないのか、随分と荒れている。

「ユリウスくんには、屋敷の方ではなく僕の研究室にいてもらってるんだ」

「研究室……？」

しかし、ここには枯れた花壇しかないよ？　そう思った私の疑問は、すぐに解消された。シアンさんが、地面を指し示して言ったのだ。

「魔法で、入り口を隠してあるんだ」

シアンさんはそれから膝をつき、地面に右手を置いて小さく呪文を唱える。

「あ……」

すると何と、地面から光る魔法陣が現れたのだ！　そして魔法陣の下にあった地面が消え、代わりに石の階段が出現した。

「この階段は、地下室に続いているんだよ」

「ほえー」

魔法って、凄いなぁ。

「さあ、リリ。どうぞ」

シアンさんに促され、私は階段に足を踏み出す。薄暗いなぁ、と思ったら、明るくなった。後から下りてくるシアンさんが、手のひらに灯《あか》りを灯《とも》したのだ。魔法、本当に凄い！

『リ、リリちゃん……』

私が魔法に感心しきりでいると、メルのか細い声がした。どうしたんだろう。階段を下りながら、私は姿の見えないメルがいるであろう肩に視線を向けた。

『わたくし、気分、が……っ』

「メル？」

メルの気配が薄まった気がするのは、気のせいだろうか。

私は、シアンさんにメルの異変を伝えようと後ろを振り向く。

「シアンさ……」

「リリ、部屋に着いたよ。入って」

シアンさんに言葉を遮《さえぎ》られた瞬間、私の背筋がぞくりとした。灯りに照らされたシアンさんの顔……笑ってない。怖いぐらい、無表情だ。

まるで昔に戻ったように感じ、私は思わず後退《あとずさ》りする。そのまま、最後の一段を下りた。

「あ、の……っ」

怖い。シアンさんが、怖い。

さっきまであった高揚感は、もう何処《どこ》にもない。

更に一歩下がったところで、地下室の扉が背に当たった。最初から開いていたのか、ギイッと重い音を立てて扉が開かれる。

その時、シアンさんに肩を押された。

「う、わ……っ！」

そのままの勢いで、私は冷たい石の床に倒れ込んだ。その瞬間。

『きゃあああ……っ！』

メルの悲鳴が響く。

「メル!?　メル！　姿を見せて！」

私はすぐさま、メルの姿を探す。悲鳴は、もうしない。

私は、メルが姿を消しているから見えないのだと思っていた。でも……

「無駄だよ。精霊は、この部屋から弾かれたんだ」

「え……」

声の方を振り向けば、後ろ手で扉を閉めるシアンさんが見えた。ガチャリという、鍵をかける音も。

「リリ、あちらを見てごらん」

混乱したまま、指差された方を見る。

地下室は、想像以上に広かった。石造りで、天井は高い。その隅に簡素なベッドが置かれている。

そのベッドの上には――

「ロロくん！」

ロロくんが、目を瞑《つむ》り横たわっていた。

まさか……

「ね、無事だったろう？　今は、眠っているけどね」

「シアンさんっ」

笑うシアンさんが、怖い。

まさか、まさか。シアンさんが、ロロくんを……

私の疑惑に満ちた眼差しを、シアンさんは臆《おく》することなく受け止めた。

「ああ、大丈夫だよ」

扉から手を離したシアンさんが笑った。それは、いつも通りの笑顔なのに——なのに、私は震えが止まらない。

「ユリウスくんに使った薬は、無害なものだから。特に抵抗されずに、連れて来られたよ」

「シアンさんが、ロロくん、を……」

私は口元を手で押さえ、声を震わせる。信じたくない。嘘だと言ってほしい。

「ああ、うん。そうだよ」

だけどシアンさんは、いつも通りの笑顔と何気ない口調でそう言った。

私にはシアンさんの言うことが、理解できなかった。いや、理解することを、頭が拒否しているのだ。

「嘘、だ……」

震える声で、私は言う。否定してほしくて。全部、冗談だよって、言ってほしくて。そうして、いつものように、何でもない顔をして頭を撫でてほしくて。

「嘘じゃないさ」

なのに……現実は、変わらない。

シアンさんは、あっさりと肯定する。悪いことをしている自覚など欠片《かけら》もなさそうだ。

それほどに、今のシアンさんからは邪気を感じなかった。

ずりずりと、尻餅をついたまま私は後退《あとずさ》る。そんな私を、シアンさんは追い掛けて来なかった。

シアンさんの姿を目で確認しつつ、私は震える体で立ち上がり、ロロくんが眠るベッドまで走った。

「ロロくん!」

呼び掛けても、ロロくんはピクリとも動かない。ただ、緩《ゆる》やかな呼吸を繰り返していることは分かった。

「ロロくん! ロロくん!」

ロロくんの体を揺さぶる。だけど、全然起きる様子がない。

後ろで、シアンさんがくすくす笑う声がした。

「言っただろう。眠っているって。ただ、リブロの薬を使ったから、眠りは相当深いだろうけどね」

「リブロの薬……」

リブロ……聞き覚えがある。そうだ、幼等学校の課外授業で採取したことがある、リブロの花だ。

確か、痛みを緩和する効果と、強い催眠《さいみん》効果があるって……!

そして、煎《せん》じると……

「強い蜂蜜《はちみつ》の匂いが、する……」

私はシアンさんを見た。

シアンさんは、うっすらと微笑んだ。

「当たりだよ。リリに蜂蜜の匂いがすると言われた時には、肝を冷やしたよ。バレてしまったかな、とね」

「……」

全然、気付かなかった。私は、シアンさんを信じ切っていたのだ。いや、今だって嘘だと思いたい。シアンさんが、まさか、私を騙《だま》していただなんて。

そこまで考えて、私は嫌な予感を覚える。

「シアンさん、騎士団に連絡は……？」

私の問い掛けに、シアンさんはにっこりと微笑んだ。

「勿論《もちろん》、するわけないじゃないか。あれは、ただのした振りだよ」

「……そんな」

じゃあ、エイリさんたちには、ロロくんや私がバロッシュ男爵邸にいるとは伝わっていないんだ。

へたりと、私は座り込む。心や体から力が抜けていく。

「ああ、そうだ。精霊とやらの助けも期待できないだろうね。さっきの精霊の反応からも分かる通り、この部屋の壁の至るところに遮光石《しゃこうせき》が埋め込んである」

遮光石。学校の授業で習った。

精霊が苦手とする石だ。自然界に希《まれ》に存在するという石。まさか、そんなものまで用意しているなんて……。しかも、大量に。

「ある筋から流してもらったんだけど、本当によく効いたよ。ユリウスくんの精霊に粉末を掛けたら、あっという間に体調を崩してね」

その言葉に、ハッとする。今日、メルとニルの気分が悪くなったのには、シアンさんが関係していたんだ。

「お陰で、邪魔者はいないまま、ここにユリウスくんを運び込めた」

「な、んで、そんな……っ」

そんな平然としていられるのだろう。こんな手の込んだことまでして、ロロくんを誘拐したのは何故……？

そうだ。きっと、何か。こうしなければいけないような理由があったのだ。

私は、まだシアンさんを信じようとしていた。シアンさんを、信じたかった。

シアンさんは、私の思考を正しく読みとったのかもしれない。彼の顔から、笑みが消えた。昔のシアンさんみたいな、無表情。

「……いい加減、この糞《くそ》みたいな世界が嫌になったんだ」

「え……？」

シアンさんにしては乱暴過ぎる言葉に、私は眉を寄せる。

シアンさんは、自身の白銀の髪をぐいっと掴んだ。

「この髪！　僕は、僕の髪は、もともとはこんな色じゃなかった！」

シアンさんは忌々《いまいま》しそうに舌打ちをする。

「あの男が、僕の髪をこんな色にした！　リリ、僕はね……黒髪だったんだよ」

「くろ、かみ……？」

戸惑う私に、シアンさんは微笑んだ。けれど、紺碧《こんぺき》の目には憎しみが宿っている。

「あの男……バロッシュ男爵はね。黒色《こくしょく》と昔から繋がっていたのさ。小心者のくせに、金に目が眩《くら》んでね。黒色のやつらに様々な物資を横流ししていたわけだ。そんな男のもとに、偶然にも黒髪の子供が生まれた。なんて、皮肉だろうね？」

「そんな……」

シアンさんは、自分の父親であるバロッシュ男爵を、「あの男」呼ばわりした。相当憎んでいるのが、それだけで分かる。

「遮光石《しゃこうせき》も、黒色が用意してくれたんだけどね。まあ、今は関係ないか。とにかく、あの男はどうしようもないほどの小心者で、自分の娘が黒髪であることに耐えられなかった。周囲から、黒色との繋がりを疑われるんじゃないかと思ってね。生まれたばかりの娘を、この地下室に閉じ込めたんだ。痛い腹を探られたくない一心で、ね」

「そんな……っ」

確かに、シアンさんとバロッシュ男爵の仲は冷えきっていたように見えたけど。

でも、そんな酷《ひど》いことをするなんて。この世界で、普通の人は黒髪に対して良い印象を持ってはいない。けれど実の娘を閉じ込めてしまうなんて！

「やつは、黒色との仲を知られたくなかったんだ。不安材料には、蓋をした。僕は、ずっとこの地下で育った。研究室？　そんな高尚なものであるか。ここは――牢獄《ろうごく》さ」

シアンさんが、髪から手を離す。ヒラリと地下室の灯《あか》りに反射して、髪が数本落ちていくのが見えた。

「シアンさん……」

シアンさんが、くっと口元を歪《ゆが》ませる。

「……ある日、あの男がやって来て。僕の髪に何かの液体をぶっかけたことがあった。恐怖で逃げ惑う僕を見て、あの男は笑っていた」

バロッシュ男爵、最低だ！

初めて会った時に殴ってやれば良かった！

まあ、その時はまだ何も知らなかったんだけど。

シアンさんは、拳《こぶし》を震わせた。

「気が付けば、僕の髪はこんな色になっていた。忌々《いまいま》しいことに、髪の色が変わってからは、学校に通うことが許された。だが、誰がこんな世界の住人と馴れ合うものか！　僕は……」

シアンさんは、拳を更に握り締めた。手は、真っ白になっている。

そしてシアンさんは、強い眼差しで私を見た。

「僕は、ニホン人だ！」

それは、シアンさんの魂の叫びだった。

シアンさんは、この世界を認めていない――

そのことが伝わってくる叫びだった。シアンさんは、前世の幸せな記憶に執着しているんだ。

「だから、ねえ」

シアンさんが、じっとりと私を見る。目には、強い光が宿っていた。狂気と呼ばれる光が。

「一緒に、ニホンに帰ろう」

日本に？　それは、どういう……？

返事をしない私を気にすることなく、手を前へと伸ばすシアンさん。その手のひらには、光る魔法陣。

「用意は、もうできているんだ」

シアンさんの言葉に、魔法陣の光は強くなる。すると――

「えっ！」

突如地下室の床が、中央を中心に光を放った。眩《まぶ》しい！　私は、腕で目を庇《かば》う。

光が収まるのを待ち、腕を退《ど》けると……地下室の床には、巨大な魔法陣が輝いていた。

「これは……」

「僕の研究の成果さ。異界移転の陣――つまり、ニホンへの道だ」

日本への、道……？

これが、シアンさんのやっていた研究!?

異界……つまり、日本へ行く為に研究してきたというのか。それは、凄い魔法なのかもしれない。

しかし。

「そんなこと、できるわけが……」

神子《みこ》であるルル様はかつて、私たち親子をこの世界に転生させた。魂の状態だったとはいえ、随分と消耗したという。ルル様ですらそうなんだから、ただの人であるシアンさんに異界に転移なんてできるとは思えない。

不審な目を向ける私に、シアンさんが笑う。

「できるんだよ、リリ。確かに、僕一人では無理だけど……」

シアンさんは自信たっぷりにそう言うと、ベッドで眠るロロくんに視線を向けた。

リブロの花の薬が効いているのか、ロロくんはピクリとも動かない。

「リリ、僕は黒髪だ。幼い頃は扱いきれなかったが、今の僕ならば、黒色《こくしょく》の高い魔力も扱える。それに、彼——同じ黒髪を持つユリウスくんの魔力も揃えば、この魔法陣は動く」

「ロロくんの魔力……？」

シアンさんは、何が言いたいのだろう。

「ああ。ユリウスくんを、この魔法陣に捧げるんだ」

「捧げるって……」

「彼の持つ魔力を全て、ここに注ぐんだよ。まあ、魔力が枯渇《こかつ》すると、その人は死んでしまうんだけどね」

「な……っ」

それは、つまり……生《い》け贄《にえ》!?

「駄目！　ロロくんを、そんな目になんて遭わせない！」

私は、立ち上がるとロロくんを庇《かば》う為に両手を広げた。ロロくんは、私が苦しい時に支えてくれた、大切な大切な友達だ。

あの時、私は誓ったんだ。今度は、私がロロくんの力になると！

私は足を踏ん張り、シアンさんを睨《にら》みつけた。

そんな私に、シアンさんは駄々っ子を見るような目を向ける。

「困ったことを言わないでくれ。それに、彼には随分と前から目を付けていたんだよ。今更、変更などできない」

シアンさんは、私に微笑み掛けた。

「……君たちが、幼等学校の生徒だった頃。魔物の群れに襲われたよね？」

シアンさんの言葉に、こくりと頷《うなず》く。忘れることなんてできない。

上の学年との交流を深める課外授業で、私たちは何匹もの魔物に襲われたのだ。

幸いロロくんの奮闘と、私と精霊の契約をしたメルの活躍により、皆無事だった。

魔物の大量発生の原因は、未だに不明。

そして、あの場には、シアンさんもいた。

……まさか。

嫌な汗が、私の頬を伝う。

シアンさんは、ため息を吐《つ》いた。

「あれは、僕が作り出したんだ。魔物を操って、ユリウスくんの潜在能力を見ようと思ってね」

「なっ！」

あっさりと告げられた真実に、私は絶句する。

あんな、たくさんの人たちを巻き込んだ事件の黒幕が……シアンさん？

もしかしたら、死傷者が出たかもしれないというくらいに酷《ひど》かった、あの出来事。

それを、シアンさんが……？

「うそ……」

「嘘じゃないさ。リリ、魔物はね、自然界で魔力が固まって生まれるんだよ。この世界の殆《ほとん》どの住人は、そのことを知らないけどね。それを黒色《こくしょく》たちは解明したんだ。彼らの魔力に関する知識は本当に凄いよ。……僕？　僕は、勿論《もちろん》黒色のやつらから教わったよ」

にこにこと、無邪気な笑顔でシアンさんは言う。罪悪感など、そこには微塵《みじん》もなかった。

遮光石《しゃこうせき》のことや魔物を作り出す方法を知っていることといい、シアンさんと黒色の繋がりは、かなり深いようだ。

あまりの衝撃に、なかば呆然とする私のことを気にする様子もなく、シアンさんは嬉しそうに両手を広げた。

「結果は、予想以上だったよ！　ユリウスくんは、高い魔力どころか精霊色まで宿していたんだ！　凄い逸材だよ！」

興奮した様子のシアンさんに、私は眉をひそめる。

……私には、シアンさんが理解できない。

私は、今の世界が好きだ。パパやママ、兄ちゃんたちといった、優しい家族がいる。友達だっている。

確かに、シアンさんの境遇は最悪なものだ。シアンさんの話を聞いて、胸が痛んだし、同情だってする。私は、まだシアンさんを好きでいるから。

でも、だからこそ従うわけにはいかない。今が不幸なのだと言うのなら、これから私たちと幸せになれば良いじゃないか。この世界で、このまま暮らして。

それは、幸せに暮らしてきた私の傲慢《ごうまん》な考えかもしれない。でも、私は真剣にそう考えていた。

輝かんばかりの笑顔を向けてくるシアンさんに向かって、私は口を開く。

「私は、日本には行きません！」

ハッキリと言い放つと、シアンさんは不思議そうに首を傾げた。

「何を言うかと思えば。ニホンに帰るのは、僕とルディだよ」

「え……？」

戸惑う私に、シアンさんは笑い掛ける。

「君は、ここで死ぬんだ」

「は……？」

笑ったまま、シアンさんは近くの棚から、何かを取り出した。

それは、鈍く光るナイフだった。

「君の父親は、僕でなくちゃいけないんだよ。ねえ——ナナオ？　今の君には、僕じゃない父親がいる。それじゃ、駄目なんだよ」

「何を、言って……？」

シアンさんは、本当にいつも通りの表情だ。おだやかな、笑顔――。それが、私を絶望の淵に落とす。

シアンさんは私を、前世の名前である七緒《なお》と呼んだ。シアンさんにとって、この世界の私、リリアンナは、あってはならない存在なのか。

シアンさんは、この世界で絶望を知ってしまった。

そしてシアンさんの絶望の矛先《ほこさき》は、私の方に向いている。

「こんな腐った世界の体は、要らないんだ。だから、ナナオ」

シアンさんが私に近付く。

ギラリと光るナイフが、真《ま》っ直《す》ぐに私に向けられている。

怖い、怖い、怖い！

「こんな世界捨てて、僕の子供になってよ。大丈夫、僕がちゃんとルディとの二人の子供として、生み直してあげるからさ」

そう言ってシアンさんは、ひたりと私を見据えた。

私の体が、弾かれたように動いた。生きる為に、死にたくないと。

シアンさんから逃げる私。

ロロくんから離れるのは心配だったけど、今のシアンさんの狙いは私だ。私の、命だ。

「はは、怖い顔してるね」

ナイフを弄《もてあそ》びながら、シアンさんは笑う。何故、笑っていられるのだ。私を殺そうとしているのに。

私を、裏切ったのに。

私のことを大事な子供だと言ってくれたのは、嘘だったのか。あの時の優しい笑みは、幻だった

のか。

分からない。私にはもう何も分からないのだ。シアンさんが、私の命を狙っている——その事実

に押し潰されそうだった。

「……う」

思いっきり声をあげて泣きたかった。大好きだと、思っていたのに！　信じていたのに！

「大事、だって……っ、私のこと、大事な子供だって！」

半ば叫ぶように言う。ほんの少し前の話だ。シアンさんと笑い合ったのは。

あの時は、あんなにも優しい時間だったのに——

「大事だよ」

シアンさんは、当たり前だとばかりに即答した。その目に、曇りはない。

「なら、何で、こんな……っ」

「大事だからこそ、僕の子供になってほしいんだよ」

真っ直ぐな眼差しのシアンさんに、私は絶句する。

違う。違うんだ。世界に絶望したシアンさんは、私とは見ているものが決定的に違ってしまっている。私の言いたいことは、シアンさんにはまったく伝わっていない。

「……嫌だ」

震える声で呟く。シアンさんは、本気だ。本気で私を殺す気だ。

嫌だ、死にたくない。私の世界は、こんなにも輝いているのに。それを失いたくない。消えたくない！

……帰るんだ。皆が待っている、温かい世界へと。大好きな人たちのいる場所に！

地下室の入り口へ必死で走る。助けを、助けを呼ばなくちゃ！

ガチャガチャとドアノブを回す。だけど開かない！　何で！

「開いてよう！」

乱暴に何度も回す。けれど、扉は開く様子がない。

シアンさんは、そんな私の姿を静かに見ている。その態度からは余裕が感じられる。

「鍵……」

そうだ、鍵が掛けられていたんだ。私は、スカートのポケットを探る。必死だった。

ポケットから出したのは——秘密の鍵。震える手で、鍵穴に鍵を差す。

「開いて！」

再びドアノブを回す。だけど、駄目だった。扉は開かない！　開かないよ！

絶望的な気持ちになり、私の目に涙が浮かんだ。怖い。私は、今の状況が怖いのだ。だってすぐ後ろには、私を殺そうとしている人がいる。しかもそれが、私が好きだと思っていた人だなんて――

嘘だと思いたかった。これが全部、夢で――。目が覚めれば、私の部屋で、パパやママがいて、兄ちゃんたちも笑顔で私を見ているのだ。

そして、遊びに来たシアンさんが笑みを浮かべて――

カツンと、靴音が響く。同時に、目の前の幻想も破れた。

「無駄だよ。その扉は開かない」

「シアンさん……っ」

がくがく震えながら、振り返る。視線が行くのは、鈍く光るナイフだ。

シアンさんは、本気で私を殺すつもりなのだ。恐怖でどうにかなってしまいそうだった。それでも、感情を押し込め冷静であろうと努める。

状況は、シアンさんに有利だ。でも、何か、何かあるかも――

――わあああ……！

突然、遠くから声がした。一人じゃない、大勢の声が。そしてガタガタという、たくさんの足音が広い地下室に響き渡る。

シアンさんが、愉快そうに地下室の高い天井を見上げた。シアンさんには、何が起きているか分かっている……？

「始まったようだよ」

「な、にが……」

私の小さな問い掛けに、シアンさんは笑いながら答えを口にする。

「騎士団の作戦だよ。何だ、知らなかったのか。今日は、神護《じんご》騎士団と聖騎士団との共同作戦日なんだ」

作戦日？　確かに、最近のパパたちは忙しそうだった。それは、今日の為に？

「今日はね、あの男を含めた黒色《こくしょく》繋がりの貴族たちが各地に集まって、神子《みこ》を襲撃する日だったんだ。この屋敷も拠点の一つだよ」

「え……？」

神子って、ルル様を!?

私は一瞬自分の状況を忘れた。ルル様が襲撃されるなんて、そんな！

ルル様には、パパやジェイドさんが付いている筈《はず》だけど、絶対に大丈夫かなんて分からない。

ルル様だけじゃなく、パパたちのことも心配だ。作戦ということは、兄ちゃんたちも参加している筈。どうしよう、皆が危ない！

それに、あの男ってシアンさんの父親のことだよね。シアンさんは、全然心配していないようだけど。

「まあ、全部、僕が騎士団に情報を流しちゃったけどね」

「え？　どうして、シアンさんが……」

私の疑問に、シアンさんは笑い声を上げた。

「どうして、だって？　あの男の破滅を僕が願わないとでも？　それに……」

シアンさんは、私を見る。目には強い光が宿っている。

ぞくりと背筋が震えた。頭の中で警鐘が激しく鳴る。

「こんな騒ぎの中の方が、やりやすいだろう？」

「……っ！」

シアンさんがナイフを構え直して、私の方に向かってくる。

「……嫌っ！」

私は扉から離れて走った。シアンさんから、逃れる為に。

でも、地下室は広いだけで身を隠せる場所がない。どうしよう。どうしよう！

嫌だ、死にたくない！

「メル！　メルー！」

必死になって、メルを呼ぶ。だけど、無駄だった。ここにはメルも来られないのだ。

恐怖から、目に涙が浮かぶ。

「ナナオ。良い子だから、言うことを聞いてくれ」

シアンさんは、苦笑を浮かべる。

本気で、私が駄々をこねているだけだと思っているかのように。

「嫌だ！」

誰が死ぬ為に、言うことを聞くものか！　私は、生きるんだ。生きて、生きて……

脳裏に浮かぶ面影《おもかげ》たちに、また涙が浮かぶ。こんな場所で、死ぬなんて絶対に嫌だ！

「あ……っ！」

足に何か衝撃を感じて、転んでしまう。痛みが足に広がる。

転んだ状態のまま振り向けば、左手に魔法陣を展開しているシアンさんが見えた。私の足に、魔法を撃ったのだ。

シアンさんが近付いてくる。

「うう……っ」

どうしよう、足が痛くて立ち上がれない！

お願いだから動いて、私の足！　逃げなくちゃいけないのに！

逃げて、私は生きるんだ！

七緒としてではなく、リリアンナとして！　この世界で生きるんだ！

「漸《ようや》く、良い子になったね」

無情にも、シアンさんとの距離がどんどん近くなる。

痛む足で、何とか体を起こしてずりずりと後退したけれど、すぐに追いつかれてしまった。

シアンさんは、笑みを深めて私にナイフを翳《かざ》す。もう、駄目なのか。私は、ここで終わるのか。

叶えたい夢がある。まだまだ一緒にいたい人たちがいる。私の可能性は、これからも無限に広がっていくのに！

再び私の脳裏を、たくさんの面影《おもかげ》が過《よぎ》っていった。

ぎゅっと、目を閉じた。その時――

「リリアンナ！」

信じられない声を聞いた。ずっと、聞きたくて、でももう聞くことが許されないと思っていた声を。

目を開ける。私の視界に映るのは、赤い髪と神子《みこ》の装束。そして、その背中。

「……ルル、様？」

呆然と名前を呼んだ瞬間、ルル様の左肩に吸い込まれていくナイフが見えた。

「……あぐっ！」

痛みに喘《あえ》ぐルル様の声に、私は正気に返る。

どさりと、私の腕の中にルル様が倒れ込んできた。額《ひたい》には汗が浮いている。ナイフで刺された場所から血が滲《にじ》んで、どんどん衣服を染めていく。

「ルル様！　どうして……っ」

悲鳴と共に言葉が、私の口から飛び出す。

「様は、許さぬと、言った……」

「今は、そんなこと言ってる場合じゃないよ！」

血が止まらない。ルル様は私を庇《かば》ったんだ。私のせいで、ルル様が！

痛みに顔を歪《ゆが》めるルル様が、私を見上げる。

「そなた、鍵を使ったであろう？　だから、そなたの危機が分かったのだよ……」

「だからって、こんな……」

視界が歪み、涙が溢れてきた。

わ、私のせいだ。私が、鍵を使ったから！

「ご、めな、さ……っ」

「泣くな、リリアンナ。そなたの、せいではないのだから」

ルル様が優しく微笑み、私を見た。痛くない筈《はず》がないのに、私を気遣ってくれるルル様。

そして、ルル様は今度は赤く染まったナイフを手に立ち尽くすシアンさんに、鋭い眼差しを送る。

「そなたは、リリアンナを傷付けたいのか」

ルル様の言葉に、シアンさんは嘲笑を浮かべた。

「いきなり現れて、何を言うかと思えば。僕は、ナナオを愛しているよ。心の底から！」

シアンさんの答えは、狂気に満ちていた。

「……そうか。そなたも、情に狂っておるのか」

シアンさんの答えを聞いても、ルル様は動揺など見せなかった。ただ、呟いただけの声の響きは、重かった。

何かを背負っているかのような、深い呟き。そんな小さな背中で、ルル様はどれだけたくさんのものを守っているんだろう……

「……君、何なの？　僕の邪魔をするなら――消えろよ」

シアンさんが、再びナイフを振り上げる。今度は、その狙いは一直線でルル様に向かっている。

「シアンさん、止めて！」

叫んで、私は、ルル様に覆い被さる。もう、この愛しい人を傷付けたくない！

死の恐怖は、もうなかった。

ルル様を守りたい――その一念で、私は動いていた。

「リリアンナ！」

「ルル様、大好き」

最後になるかもしれないから、私は想いを口にした。ルル様が、目を見開く。未練がましいと思ってるのかな。でも、良いんだ。私が、まだルル様を好きだと知ってもらえれば。

痛みを覚悟して、目を閉じる。不思議と怖くはない。大好きな人を、守れるからなのかな。だけど――

「ぐ……っ」

呻《うめ》いたのは、シアンさんだった。そして、カランカランと何かが床を滑《すべ》る音。私には何の痛みも襲ってこない。

「え……？」

目を開け、ルル様から身を起こし振り返れば、右手を押さえ蹲《うずくま》るシアンさんの姿が。ナイフは、遥か向こうに飛ばされている。

何が起きたのか。シアンさんは、悔しそうに何処《どこ》かに視線をやっている。視線の先は――ロロくんだ！

眠っていた筈《はず》のロロくんが、ベッドから上半身を起こしている。その右手には、魔法陣が浮かんでいた。

「リリ、逃げ、て……っ」

「ロロくん！」

ロロくんはふらふらと体を揺らすと、ベッドに倒れ込んでしまう。そして、ピクリとも動かなくなった。

「ふん、まだ薬が効いている筈なのに、無理するからだ」

シアンさんが、忌々《いまいま》しげに呟く。

「……くそ。思っていた以上に邪魔が入る」

更に毒づくシアンさんに、私はハッとなる。そうだ。扉が開かない以上、ここから出られないんだ。

まだ、私たちは危機の真っただ中にいる。

誰か、誰か助けて！

今ほど、自分の無力さを感じたことはない。メルがいなければ、何もできないなんて！

お願いだから、誰か助けて……！

その時、突然、扉の外からどんっという大きな音がした。どんどんっと、音は更に大きくなる。

そして、聞き覚えのある声が。

「リリ、そこにいるんだろ！」

「待ってて、こんな扉なんかすぐにぶち破ってやるからね！」

ルディ兄ちゃんと、アル兄ちゃんだ！

「せーのっ！」

二人は息を合わせて、扉に体当たりしているようだ。

「アル兄ちゃん！　ルディ兄ちゃん！」

扉の向こうに向かって、大声で叫ぶ。

「リリ！」

「やっぱり、いた！」

確信を持てたからか、音と扉の揺れはますます強くなる。

どーんどーんと、何度目かの音の後、扉は開かれた。同時に、兄ちゃんたちが入ってくる。

「兄ちゃん！」

「リリ！」

「無事か！」

大声で言いながら周囲に目を走らせていた兄ちゃんたちは、すぐに眉を寄せた。「血が……」と
アル兄ちゃんが呟く。

「ルル様が、私を庇《かば》って……怪我を！」

私の悲鳴に近い声に、兄ちゃんたちが表情を変える。

「メルの知らせで、すぐに飛んで来たんだけど」

「ああ、少しばかり遅かったようだな」

ルディ兄ちゃんが双剣《そうけん》を構える。アル兄ちゃんも、鞘《さや》から剣を抜き放った。

メル。そうか、メルが二人を呼んで来てくれたんだ！

シアンさんが、立ち上がった。

「二人とも、物騒《ぶっそう》な顔をしているね」

楽しげな様子で、シアンさんは兄ちゃんたちに話し掛ける。罪の意識など微塵《みじん》も感じさせない表情だ。

「シアン、お前……っ」

「嫌だなぁ、ルディ。そんな親の仇《かたき》を見るような顔をして。怖いよ？」

シアンさんは動揺することなく、兄ちゃんたちを見ている。

「――君は、自分のやったことを分かっていないのかな」

アル兄ちゃんの言葉に、シアンさんは顔を歪《ゆが》める。

「充分分かっているさ。それにしても、アル。君は、邪魔だね」

「な……っ」

シアンさんの言葉に、アル兄ちゃんが気色ばむ。しかし、そんなアル兄ちゃんの反応にもシアンさんは鼻白むだけだった。

「……今日は、本当に邪魔ばかりだ。君たちには大人しくしてもらうよ」

シアンさんが、左手を翳《かざ》す。

すると、空間が歪み、グニャリとした穴が広がった。その穴から、巨大な石でできた腕が出てくる。次いで、石の頭に体――。やがて全身を現したそれは、地下室の天井すれすれの、長身の石の人形だった。

あまりにも巨大な――

「ゴーレムか！」

「その子と、遊んでくれるかい？」

シアンさんの言葉と共に、石の人形――ゴーレムが動き出す。

「やるしか、ないか！」

「行くぞ、ディアス！」

戦いが、始まった。

ルディ兄ちゃんが走り、双剣《そうけん》の片方をゴーレムの腕に走らせる。

ギギキと響く、刃の擦《こす》れる音。

「……かってーぞ、コイツ！」

ゴーレムが腕を振り上げて、ルディ兄ちゃんの二閃目をかわそうとする。しかし、ルディ兄ちゃんは姿勢を低くし、そのままゴーレムの胴に入り込む。また一閃。

だけど攻撃はその硬さに弾かれてしまう。

「くそ……っ」

「ルディ！」

ゴーレムのもう片方の腕が、ルディ兄ちゃんを襲う。しかし、それをアル兄ちゃんが剣で受け止める。ぐぐぐと後退する、アル兄ちゃん。

「はあああ……っ！」

気合を入れて、ゴーレムの腕を弾いた。アル兄ちゃん、凄い！

だけど、剣はゴーレムに通用しないようだ。

それでも、兄ちゃんたちは果敢にゴーレムに挑んで行く。腕を、足を、切り付ける。

ルディ兄ちゃんは、双剣を構え直しゴーレムの懐《ふところ》に入り込み、反応の遅れたゴーレムの左胸に剣を突き立てた。

しかし、ゴーレムに変化はない。悠然と、そこに立っている。

「……ちっ。やっぱ、人間とは違うか！」

ルディ兄ちゃんは、舌打ちをすると素早くゴーレムから距離を取る。

「ルディ、上！」

アル兄ちゃんが、ルディ兄ちゃんに鋭く声を掛ける。

「ああ！」

ゴーレムの上からの攻撃に、兄ちゃんたちは反応する。けど、ゴーレムの動きは見た目に反して素早い。今はまだ、兄ちゃんたちも体力があるけど、持久戦になった時に勝ち目があるか——

それが分かっているからか、シアンさんは余裕の笑みを浮かべて戦いを観戦している。

「うう……っ」

腕の中で、ルル様が呻《うめ》く。

「ルル様……っ！」

「大事ない」

そんなことを言うけれど、ルル様の肩からは血が滲《にじ》み続けている。私はポケットから白いハンカチを取り出し、必死で押さえた。

そして、ルル様の肩のところでぎゅっと縛る。

「ごめんね、ルル様！　わた、私のせいで……っ」

また涙が滲んでくる。私を庇《かば》ったから、ルル様はこんな酷《ひど》い目に遭ったんだ。私が鍵を使ってしまったから、ルル様はここに来てしまったんだ。私は、何てことをしてしまったんだろう……！

すっと、ルル様の手が私の頬を撫でる。温かい、ルル様の手。

「泣くでない。余は、そなたを守れて、幸せだ」

「ルル様……」

ルル様は、微笑んだ。だけどその顔は、真っ青だ。

私は、何でこんなにも弱いのだろう。ルル様に守られて、ロロくんに助けられて。今は、兄ちゃんたちが戦っている。

私は、守られてばかりだ。

――嫌だ、こんなにも弱い私は！

私は、強くありたい。パパのような、強さがほしい！　私に、力があれば！

前を真《ま》っ直《す》ぐ見つめられるだけの、強さがほしい！

ぐうっと、拳《こぶし》を握り締めた時だった。

キラキラキラ――

光が、私の上に降り注いだ。光は、上から降っている。見上げれば、淡く光る輪っかが私の頭上にあった。

ルル様が、両目を見開く。

「……精霊環《せいれいかん》！」

初めて聞く名前。だけど、あれを私は知っている。

あれは、力の源《みなもと》だ。――私の力が、具現化したものだ！

頭が妙にクリアになり、何故か瞬時に、私はそれを理解していた。それはきっと、本能とでも言うべきもの。

私は、輪っかに両手を伸ばす。

輪っかは、私に応えるように落ちてくる。私の手がそれに触れて――

「――お願い」

呟き、私は両手を広げた。その瞬間。

ぶわりと、部屋中に何かが広がり、一面光で満たされた。

「な……っ」

シアンさんが、驚き辺りを見回す。光は、先ほどよりは薄くなったけど、変わらずキラキラと辺りを包み込んでいる。

「精霊結界だ」

「精霊、結界？」

ルル様の言葉を、繰り返す。ルル様は、笑った。

「ああ。リリアンナ、凄いぞ。これは、上位精霊使いしか使えないんだぞ」

「精霊結界って、どういう……」

ルル様に聞こうとしたら、ポンッという音がした。そして、私の大事な相棒の姿が。

『リリちゃん！』

「メル！」

メルだ。メルが来てくれた！　あれ、でもここ――

「メル、大丈夫なの？」

『はい！　ここはもう結界の中。遮光石《しゃこうせき》なんか関係ないですわ！』

もしかして、私が!?　自分でやっといてなんだけど、精霊結界ってスゲー。

ルル様が、すっと指差した。

「精霊結界の凄いところは、それだけじゃない。見ろ」

ルル様が促《うなが》した指の先にいるのは――

「ゴーレム？」

見れば、ゴーレムの首や肩など数ヵ所が光っている。

「精霊結界は、魔の者の弱点を露《あら》わにするのだ」

それを聞いた瞬間、私はメルに命じた。

「兄ちゃんたちに、加勢して！」

『了解、ですわ！』

光のベールがメルを包む。そして現れたのは、戦う貴婦人だ。

『メルディ・ノーラ。参りますわ！』

剣を携《たずさ》え、メルは戦いの場に向かう。

たちまちゴーレムに肉薄し、真っ直《まっす》ぐに、光る肩を切り付けた。すると――

「オオオ……っ」

ゴーレムの悲鳴が上がった。

そして、スウッと、切り付けられたゴーレムの腕が消えていく。

「何だ⁉」

驚くルディ兄ちゃんに、メルが叫ぶ。

『光ですわ！　光っている部分が、弱点ですの！』

「そういうことか！」

「ディアス！」

「ああ！」

兄ちゃんたちは、それだけ会話するとゴーレムに向かって走り出した。

残ったゴーレムの腕をすり抜ける。

「まずは、肩！」

ルディ兄ちゃんが、ゴーレムの足を蹴《け》り、肩へと飛んだ。双剣《そうけん》が、鋭くゴーレムの肩を貫《つらぬ》く。

「次は、足！」

アル兄ちゃんが、片方を切り付けた。そして、すぐさま方向転換して残りの足を切る。

足を失い、一瞬空に浮かんだ状態になったゴーレムは、すぐに轟音《ごうおん》と共に地下室の床に胴体から落下した。その脇の地面に、着地するルディ兄ちゃん。

「そして――」

「首！」

すぐさま飛び上がった兄ちゃんたちが、同時にゴーレムの首を突き刺した。ゴーレムの体が崩れる。そしてあっという間に、ゴーレムの体はあとかたもなく消え去った。それを見届けて――

「やったな、ディアス！」

「ああ！」

パンッと、アル兄ちゃんとルディ兄ちゃんが手を叩き合う音が響いた。

――勝った、んだ。

助かった、んだ。

体から、力が抜けそうになり、すぐにハッとなる。

「そうだ、シアンさんは……っ。シアンさん……っ！」

シアンさんは、自分の喉にナイフを翳《かざ》していた。

「ば、か野郎！」

気付いたルディ兄ちゃんが、走り出す。

シアンさんの喉にナイフが触れそうになった瞬間、丸い物体が飛来し、ナイフを弾き飛ばした。

「な、に……っ」

ナイフと一緒に、だぼだぼのローブが転がる。ニルだ！

シアンさんは驚いたようで、一瞬、反応が遅れた。そのすきに、ルディ兄ちゃんがシアンさんを押さえ込む。

『いきなり投げるなんて、酷《ひど》いニャ！』

ニルは立ち上がると、ぷんぷん怒り出した。

ニルが怒る先にいるのは、何と！　以前、私とルル様が誘拐された時に助けてくれた、光の精霊さんだった。あの独特の仮面は忘れられないよ。

『ですが、ワタシが投げなければ、そちらの方は今頃死んでいたでしょう？』

光の精霊さんが、ニルに反論する。あれ、喋《しゃべ》り方が見た目のイメージと違う？

もっとこう、慇懃《いんぎん》無礼《ぶれい》なまでに丁寧な喋り方をする精霊だと、勝手ながら思ってたよ。

『そうだけどニャ！　何か、釈然としないニャ！』

『まあまあ、ニル。機嫌を直してください』

光の精霊さん、ニルとかなり親しいみたいだ。気安いって言うのかな。

それに、光の精霊さん。前は、『御意《ぎょい》』の一言しか話さなかったから気が付かなかったけど。この声……まさか……

『さあ、ワタシは神子《みこ》をお連れしなくてはいけないので』

『……仕方ないニャ。ぼくも、ロロくんが心配ニャ！』

そう言うと、ニルはロロくんのもとに飛んで行った。

ニルがロロくんのところへたどり着いたのを確認したところで、光の精霊さんが私たち——ルル様と私のもとにやって来た。

『随分と、無茶をなさいましたね』

「……うるさい」

光の精霊さんの言葉に、ルル様は不貞腐《ふてくさ》れたように返している。何だか可愛いぞ、ルル様。

光の精霊さんとルル様って、仲良しさんなのかも。

『勲章《くんしょう》って、やつですか』

「うるさい！　うっ……」

怒鳴ったら傷に響いたのか、ルル様が呻《うめ》いた。

「大丈夫!?　ルル様！」

「あ、ああ……だが、様は許さぬ」

ルル様、揺るがない。

光の精霊さんが、ルル様に手を伸ばし抱き上げた。途端に、今まですぐ側で感じていたルル様の温もりが消えてしまい、寂しくなる。

『では、ワタシたちはこれで。――リリちゃん』

最後の呼び掛けで、確信が持てた。

脳裏に懐かしい記憶が呼び覚まされていく。幼い頃の大事な記憶だ。

「うん。またね――ジル」

『……はい』

やっぱり、光の精霊さんはジルだったんだ。

ルル様とジルは、ふわりと浮かぶと空間に溶けて消えた。

いつの間にか元の姿に戻ったメルが、私の側にいる。

『リリちゃん……』

「メル、ジルに会えたよ」

『はい……』

ジル――幼い頃、いつも一緒に遊んでいた精霊さん。ピエロ姿のジルは、ルル様の精霊さんだったんだね。何だか、凄く立派になって……リリちゃん、ビックリだよ。

確かに昔、自分は力の強い精霊だと言ってはいた。言ってたけど、まさか神子様の精霊だなんて想定していなかった。

ルル様とジルが消えた空間を見つめる。

「また、会えるよね？」

『ええ。勿論《もちろん》ですわ』

傍《かたわ》らにいるメルは、力強く頷《うなず》いてくれた。メルが言うなら、また会える筈《はず》。うん、何だか元気になってきた気がするよ、リリちゃん。良かった！

「でも、知ってたなら教えてくれても……」

だけどふと思いついて、私は非難を込めてメルに言う。

私は、長い間ジルに会えていなかったのだ。寂しかった。凄く、寂しかったんだからねっ！

光の精霊さんがジルだと知っていれば、そんな寂しさも随分と軽減できた筈なのだ。知ってたのに、教えてくれなかったなんて〜。メルを恨みがましく見てしまうのは仕方ない筈。

メルは、ピコピコとした動きで頭を下げた。

『意地悪のつもりで、黙っていたわけではないのです。神子《みこ》に関することなので、言えずにいたのですわ。どれだけ言いたかったことか……』

「メル……」

そうか、事情があったんだね。メルも辛かったんだ。

『リリちゃん、ごめんなさい』

メルがしょんぼりとして、謝った。

私は、メルの頭を撫でる。

「もう良いよ。メルは、悪くないよ」

『リリちゃん……ありがとう』

私は、わだかまりなくメルに微笑んだ。

そんな感じで私たちが、穏やかな空気を醸《かも》し出していると――

「放せ……っ！」

シアンさんの叫び声がした。

見れば、ルディ兄ちゃんに押さえ込まれたシアンさんが暴れている。そうだった！　まだ、全てが終わったわけではなかったんだ！

「誰が、放すか！　そうしたら、死ぬ気だろ！」

「当然だ！　こんな世界、生きている意味がない……っ」

シアンさんの目に、涙が見えた。

シアンさんにとっては、日本への帰還が生きる糧《かて》になっていたのだろう。

私たちは、シアンさんの生きる希望にはならなかったのか……。それが、凄く悲しい。

「シアン……」

ルディ兄ちゃんもアル兄ちゃんも、どうしたら良いのか分からないようだ。

シアンさんの絶望は、他人には計り知れない。だけど――

私は、痛む足を引きずり、シアンさんに近付く。

「ナナオ……」

私をその名で呼ぶシアンさん。シアンさんは、この世界に存在している私のことを、完全に否定している。それが悲しくてたまらない。だけど、だけどね……

私は右手を振り上げ、シアンさんの頬を叩いた。

力一杯、手加減なしだ。十歳児の力などたかが知れてるかもしれないけど、今の私の精一杯を込める。

「リリ……！」

アル兄ちゃんが、私の行動に驚いたようだ。でも、私は引かない。

「シアンさんの馬鹿っ！　大馬鹿！」

「ナナオ」

シアンさんは、両目を見開く。

叩かれた頬が赤い。ちょっとやり過ぎたかとも思うけど、後悔はない。

「七緒じゃない！　私は、リリアンナだ！　シアンさんは、何も分かってない！　私がどんなにシアンさんが、好きかっ！　分かってない！　シアンさん！」

「は、はい」

私の剣幕に、シアンさんが押されている。

立場は、今や完全に逆転していた。

自分の感情が高ぶっていくのが分かったけど、止められない。涙が、溢れる。

「死んじゃ、やだー！」

そうして私は、わんわん泣いた。

大好きな人が死のうとしたのだ。そんなの、そんなのやだー！

「リリ……」

シアンさんの呆然とした声が響いた。

そんなシアンさんの肩を、ルディ兄ちゃんがポンと叩く。

「なあ、シアン。こんなにも、お前を大好きなやつがいる。それでも、この世界に価値はないのか？」

「ルディ……」

ルディ兄ちゃんはゆっくりと、シアンさんから体を退《ひ》いた。シアンさんは、のろのろと立ち上がり、そして、くしゃりと顔を歪《ゆが》めた。

「リリ、リリ。ごめんよ……」

「シアンさん……っ！」

静かに涙を流すシアンさんに、私は抱き付いた。

「リリ……！」

シアンさんも、私を抱きしめ返してくれた。今のシアンさんからは、狂気は感じられない。あるのは、私への温かな愛情だけだ。私の大好きなシアンさんが戻ってきてくれたのだ。

嬉しいのに、私の涙は止まらない。

「シアンさん、大好き！」

「ああ、リリ。僕もだよ」

シアンさんは、何かを吹っきったような笑みを浮かべ、優しく私の頭を撫でた。

——こうして、事件は終わったのだった。


あの後、シアンさんは騎士団に連れて行かれた。

今回の黒色《こくしょく》の残党捕縛作戦には、シアンさんが流した情報がとても役に立ったらしい。

だから、シアンさんはその点では協力者となる。それもあって、一応、そこまで手荒な扱いはされないようだ。ちょっと安心した。

ロロくんはというと、こちらもちゃんと騎士団に保護された。ほどなくして、エイリさんとも合流できた。

「ユリウス！」

「兄上……！」

抱き合う二人。本当に仲の良い兄弟なのだということが伝わってくる。エイリさん、凄く必死になってロロくんのこと探してたもんね。

ロロくんに使われたのは無害な薬だった為、後遺症などの心配はないそうだ。

無害なものを選んだのは、シアンさんに優しさがあったからだと思いたい。

「じゃあ、俺ら作戦に戻るわ」

「リリ。騎士団の人たちに迷惑掛けちゃ駄目だよ？」

「分かってるよーう！」

兄ちゃんたちは、行ってしまった。まあ、二人ともルル様について聞きたいことはたくさんあるみたいだったけど、リリちゃん、黙秘権を行使しました。だって、神子《みこ》様だとばらすわけにはいかないもんね！　兄ちゃんたちはまだ騎士団の中で下っ端だから、ルル様のこと、近くで見たことがないんだって。だから、多分バレてない！

兄ちゃんたちはあの時、メルに呼ばれて私のところに来たらしい。作戦中の現場を離れたことになるけど、結果として活躍したから罰せられることはないそうだ。良かった、良かった。

件《くだん》の作戦だけど、無事に終わったらしい。黒色の残党は、尽《ことごと》く捕らえられたそうだ。勿論《もちろん》、シアンさんの父親であるバロッシュ男爵と、同じく関与していたという息子たち——シアンさんのお兄さんたちも……。

バロッシュ男爵の奥さんは、直接は関与していなかったけれど、夫や息子たちのしていたことは知っていたらしく、同じくお縄についたのだった。

彼らがシアンさんにしたことを思えば、これで良かったんだと思う。

バロッシュ男爵を始めとする黒色と繋がっていた貴族たちは、国が黒色を壊滅させたことにより、金銭面で大打撃を受けたという。それでルル様を逆恨みしたそうだ。ルル様さえいなければ、自分たちは豊かに暮らせていたって。ルル様ではなく、ルディ兄ちゃんが神子になっていれば黒色との繋がりのある自分たちは恩恵を受けられたのに、って。何て勝手な話！　悪いことしてきたのは、自分たちなのに。

それも全部終わっちゃったわけだけど。ざまーみろ、なんだよ！

それから、シアンさんの研究は危険であると判断され、絶対封印となった。異界に行けちゃうなんて大変なことだから、悪用されないように魔法陣の痕跡《こんせき》は丁寧に消されたようだ。シアンさんの地下室も埋められ、シアンさん自身も知識の部分だけだけど、記憶消去を施《ほどこ》されたらしい。

あ、私もね。魔法陣見ちゃったから、そこの部分だけ消されたよ。何か、綺麗な宝石がちりばめられた丸い輪っかを頭に被せられて、輪っかを被せた人が呪文を唱えたら終わりだった。

本当に魔法陣の部分だけ頭から消えていて、ビックリだよ！

兄ちゃんたちも魔法陣を見た筈《はず》だから、後で記憶消去されるんじゃないかな。

「メル、兄ちゃんたちを呼んできてくれて、ありがとう！」

記憶消去を行った施設を出てから、私はメルにお礼を言った。

『リリちゃん……お礼など不要ですわ』

私の肩に座ったメルは、緩《ゆる》く首を振る。どうしたんだろう、沈痛な表情だ。

『リリちゃん。わたくしは、シアン様に不信感を抱いてました。精霊の力を弾く魔法など怪しいと……』

「メル……」

『それなのに、わたくしはシアン様をお止めすることができなかった。そればかりか、リリちゃんを危険な目に遭わせてしまったのです。全ては、わたくしの責任ですわ』

メルは、両手を握り締めた。自分を責めているのだろう。

私は、そっとメルの頭を撫でる。

『リリちゃん……』

「メル。メルは何も悪くないよ。まさか、シアンさんがあんなことするなんて思わないし。それに、ね。メルが来てくれた時、私凄く嬉しかった。だから、ありがとうで合ってるの。メル、これからもよろしくね」

私がそう言うと、メルの円《つぶ》らな目から涙が零れた。メルが泣くなんて！　初めて見たよ、びっくり！

『ええ、ええ。リリちゃん、こちらこそよろしくですわ！』

涙を拭うと、メルは私に小さな手を差し出した。私は、その手を握り返す。

「ずっと、一緒にいてね」

『はい！』

そうして、私たちは迎えの馬車に乗った。

絆《きずな》を再確認！

第4章　想いの行方《ゆくえ》

時が過ぎ、事件の首謀者たちの処分が続々と決まっていった。

シアンさんはというと、作戦の協力者としての功《こう》を考えて罪はかなり軽減されたという。死者は一人もいないからね！　ルル様は怪我をしたけど、誰かが裏から手を回したのか、あの場にルル様はいなかったことになっていた。

結果、シアンさんは、五年の幽閉《ゆうへい》となった。

裁判所で刑を言い渡された時のシアンさんは、ただ静かにそれを受け入れていたそうだ。

私は、やっぱりシアンさんを嫌いにはなれなかった。嫌いになれないどころか、大好きなんだ。

これは、もうどうしようもない。

だってシアンさんは、あんな怖いことをしたけど、でもそれ以上に温かな笑顔を私にくれたんだよ。

ルディ兄ちゃんと三人で行った神華祭《じんかさい》。凄く楽しかった。前世では経験できなかった親子三人でのお祭り、遊び倒したよね。

シアンさん、ダーツが凄く上手でびっくりした。

お祭りの時のシアンさん、笑顔が眩《まぶ》しくて、私は嬉しかった。

とても、大切で大事な思い出をシアンさんと作った。この記憶に偽《いつわ》りはない。

だから、私――

「仕方ないから、俺が待ってやるよ」

あ！　ルディ兄ちゃんに、先に言われちゃった！

今私たちは、幽閉《ゆうへい》の塔の前にいる。塔は五階建てで、石でできている、ユーフェル高等学校にある精霊の儀式の塔と同じ雰囲気の建物だ。違うのは、左右に寝泊まりできる建物があるところかな。

そして目の前には、今から塔に入ろうとしているシアンさんと、見張りの人たちがいる。

私とルディ兄ちゃんは、無理を言って、ここまで連れてきてもらったのだ。使うべきは、シュトワールの権力だよね！

無理にごり押ししたからか、見張りの人たち怖い顔してる。でも、負けないもんねー！

私とルディ兄ちゃんの心の強さ、見せてやる！

「ルディ……」

シアンさんが私たちに目をとめた。そして、泣きそうな顔になる。久しぶりに会ったシアンさん、何だかやつれたかも。

大丈夫なのかな。食事ちゃんと食べてるのかな。

「わ、私もいる！」

シアンさんの様子は心配だったけれど、それはひとまずおいておいて。私はルディ兄ちゃんに負けじと、手を挙げてぴょんぴょんと跳んだ。アピール大事だからね！

「リリ……」

シアンさんは、泣きながら笑顔を作った。麗人、シアンさんの儚《はかな》い涙――。胸が痛いよ。

「ありがとう、二人とも」

シアンさんは、そう言うと塔の中へ消えていった。

これが、最後じゃない。

私はそう、自分に言い聞かせる。だから、大丈夫。

シアンさんとは、五年後に会えるのだ！


「さて。リリ」

「何？」

私たちは、手を繋いで外へと向かっていた。

「事件も落ち着いたよな」

「うん」

黒色《こくしょく》の残党の裁判も、あらかた終わっている。

私の周囲は、すっかり落ち着きを取り戻していた。

「そろそろ、会いたいやついるんじゃねーの？　あの時の、ルル様だったか」

「ぐふんっ」

ルディ兄ちゃんの直球にむせてしまう。な、何のことかな⁉

ルディ兄ちゃんは、にっと笑った。

「会いに行けよ」

「で、でも……っ」

ルル様、助けに来てくれたけど。前に、もう会わないって……

辛い記憶が蘇《よみがえ》り、私は言葉を詰まらせる。

そんな私に、ルディ兄ちゃんは真剣な表情を浮かべた。

「でも、じゃない。会えなくなってからじゃ、おせーぞ」

そう言うと、ルディ兄ちゃんは塔の方を振り返った。

今、あそこにシアンさんは入っていった。

次に会えるのは、五年後なのだ。

「ルディ兄ちゃん……」

ああ、そうだ。会えなくなってからじゃ遅い。私は、会えるのだから。スカートのポケットに手を当てる。中にある鍵を、私はまだ、肌身離さず持ってる。

「うん、そうだね」

会えなくなってしまったら、本当に遅いのだ。

会おうと思えばいつだって会えるのに、私とルル様は、ずっと会わずにいた。

そうなってしまっているのは、私の心のせいだ。必要なものは、強い心。

「分かったよ、ルディ兄ちゃん」

私は、会おう。ルル様に。

私の決意の表情を見て、ルディ兄ちゃんはにっと笑った。


我が家に帰ってすぐ、私は自室へと急いだ。

「ルル様……」

震える手を叱咤《しった》し、部屋の扉に鍵を差し込む。大丈夫だ、きっと——。自分に活を入れる。

そして、扉を開いた。

目の前に広がる、久しぶりの不思議空間——

ほっとした。私の鍵は、まだルル様へと繋がっている。

「……よし！」

拳《こぶし》を握り、一本道を走った。だって、一刻も早く会いたいから。

「はあ、はあ、はあ」

全力で走っているから、息が荒くなる。でも、立ち止まるわけにはいかないのだ。私は、ルル様に会うんだから。その為なら、多少の苦しみなど関係ない。

お花のアーチが見えてきた！　そして、あずまやの下に見える赤い髪——ルル様だ！

良かった、来てくれたんだ！

安堵からか、足から力が抜ける気がしたけど、何とか力を入れて走り抜く。

「ルルちゃん！」

「リリアンナ」

椅子に座っていたルル様が、立ち上がり私のもとに駆け寄ってきてくれた。

その表情は、柔らかい。怒ってはいないみたいだ。良かった——

「ルルちゃん、私……」

「ああ、分かっている。会いに来てくれたんだろう？」

「うん……！」

ルル様は、苦笑を浮かべた。そして、自嘲《じちょう》するように口を開く。

「会わないと言ったのに、余は寂しかったのだ」

「ルルちゃん……」

ルル様、私に会いたがってくれてたんだ……

嬉しい。私は、頬が熱くなるのを感じた。

だけど、浮かれている場合ではない。喜ぶ前に聞かなくてはいけないことがある。

「ルルちゃん、怪我は大丈夫なの？」

赤く染まったルル様の肩。あの時の怪我は……

思いっきり心配が滲《にじ》む声が出てしまった。それに対してルル様は、私を安心させるように力強く頷《うなず》いた。

「ああ、余は神子《みこ》であるぞ。あれしきの怪我、すぐに治る」

「そうなんだ！」

ルル様の血を流した姿は、今でも脳裏に焼きついている。あの光景を思い出すたび、私の胸ははり裂けそうに痛むのだ。だから、ルル様の言葉に、心の底から安堵した。

私は、ルル様に笑い掛ける。本当に、良かった。

すると、ルル様の頬に朱がさした。あれれ？

「う、うむ。余も、リリアンナが無事で良かったぞ」

「うん！」

そうして、私たちの間に静寂が流れた。

何を話すべきか——

ルル様にまた会って、そして、伝えたいことは何なのか——

上手く言葉にできない。

今、二人の間に流れる穏やかな空気を壊したくなかった。

だけど——

「……余は、怖かったのだ」

停滞した空気を破ったのは、ルル様だった。

「余は、余の気持ちが怖かった」

「ルルちゃんの、気持ち……？」

ルル様は、こくりと頷《うなず》いて、私の手を取った。

ルル様はそのまま顔を赤くし、口を開けたり閉じたりを繰り返している。

そして、口をぎゅっと引き結ぶと、意を決したように口を開いた。

「リリアンナ、余は、その……っ」

「う、うん」

ルル様の真剣な表情に、私も姿勢を正す。

「余はな！」

ルル様は赤い顔のまま、私の手をぎゅっと握る。そして、強い眼差しで私を見た。

な、何だろう。ドクンと、私の胸が高鳴る。

「余は、リリアンナのことが、好きなのだ！」

ルル様の言葉の意味を、最初私は理解できなかった。誰が誰を好きだって？　好きって、どんな言葉だったけ……と、ぐるぐると思考が回る。

何度もルル様の言葉を反芻《はんすう》して、漸《ようや》く理解した瞬間、私は全身が熱くなった。

え？　え？　ルル様が、私のことを、好き……？

「うそ……」

思わず呟く。

だって、ルル様は、私を拒絶して……。もう会わないって……

だから私は、失恋したって落ち込んで……

あ、でも、その後もルル様は私を助けに来てくれた。自分が危険になるのに、かばってくれたし。

血を流すほどの怪我をしてまで助けてくれたし。

思い返せば、ずっと優しくしてくれた。何せ前世から見守り続けてくれてたのだ。

まさかそれって、私がルル様の特別だからだと思って良いの……？

「う、嘘ではない！　余は、そなたのことが、だっ、大好きだ！」

ルル様が、さっきよりも大きな声で叫ぶ。

二人きりしかいない空間とはいえ、こんなにはっきりした愛の告白をされると恥ずかしい。私の心臓は痛いぐらいに高鳴っている。

ドキドキの心臓を服の上から手で押さえ、私は震える口を何とか開く。

「わ、私も、大好き、です」

漸《ようや》く返した返事は、とても小さくなってしまったけど、ルル様には届いたようだ。

「ああ、知っているよ」

「そ、そですか」

そーですよね！　シアンさんに襲われた時にも、大好きって言ってますもんね！

「リリアンナ」

ルル様に名前を呼ばれ、そして、抱き寄せられる。うえっ!?

更にぎゅうっと、抱きしめられた。

「ル、ルルちゃ……」

突然のことに戸惑う私の耳元に、ルル様の息が掛かる。うひゃい!?

「ああ、人と想いを通わせるのとは、こんなにも素晴らしいものだったのだな。それを拒絶した余の、何と愚かなことよ」

ルル様の心臓の音がダイレクトに感じられて、私の心臓も早鐘のように打ち鳴らされる。

は、恥ずかしい！

でも、ルル様あったかーい！

「リリアンナよ、余は幸せだ」

ルル様の声が、余りにも柔らかくて温かくて、私の胸がいっぱいになる。

これが、愛しいって気持ちなのかな。

ルル様が、そっと私から体を離して、私の顔を覗き込んだ。

「顔、赤いな」

「ルルちゃん、こそ」

照れくさくて、二人で笑い合う。

――ああ、幸せだ。

私、ルル様と両想いなんだ。それは何て凄いことなんだろうか。何て、幸せなことなんだろうか。

ひたっている私に対して、ルル様は、照れて赤くなった顔を少し歪《ゆが》ませた。

「リリアンナ、拒絶して済まなかった……」

ルル様の言いたいことが分かり、私は首を横に振る。

「良いの。確かに辛かったけど、乗り越えたから」

あの時、ルル様への失恋は、私に色んなことを教えてくれたのだ。

支えてくれる家族の大切さや、友達の有難《ありがた》みなどを。

私は、一つ成長できたと思う。だから、良いのだ。

「そうか。そなたは、強いな……。それに比べて、余の何と脆弱《ぜいじゃく》なことだ」

「ルルちゃん……？」

ルル様の頬から赤みが消えた。目には、辛そうな光が宿っている。

「リリアンナ。そなたに、聞いてほしいことがある。聞いてくれるか？」

ルル様の真剣な声音に、私は頷《うなず》いた。

二人であずまやに移動し、向かい合って椅子に座ると、ルル様が口を開いた。

「ずっと前、リリアンナの兄君のシルディ・ナーラの時のことだ。歪んだ魂があったのを、覚えているか？」

「えっと……」

ルル様の世界に迷い込んだ時のことだよね。ルル様は確か――

「この世で最も業《ごう》の深き魂って。世界に干渉する力が強い、とか」

うろ覚えの記憶で言った。ルル様が頷き返してくれる。

「ああ。あの魂は……先代神子《みこ》である、余の母親のものだ」

「え……？」

あの、世界の絶望を体現したような形状をしていた、歪《ゆが》んだ魂が？

「先代の神子の話は、聞いておったのだったな」

「うん……」

先代神子の話を、私はジェイドさんから聞いていた。

ルル様は、悲しげに目を伏せた。

「余の母親は、一人の男に執着し、不幸を招いた。そして、死してもなお、愛した男を求めておるのだ。代替わりしたとはいえ、あれも元は神子。魂に力が有りすぎた」

それ故《ゆえ》、魂の状態でも世界に干渉しようとしたらしい。本来ならば、神子とはいえ輪廻《りんね》の環《わ》に入る筈《はず》なのに、それを拒否していたそうだ。

それどころか、輪廻の環にいるジェイドさんのお父さんの魂を、そこから引きずり出そうとしていたらしい。

ジェイドさんのお父さんは、愛する女性の腕の中で安らかに眠りについたのに……

「神子の魂は、歪んだ。闇《やみ》に堕《お》ちたのだ。闇堕《やみお》ちした魂は、災《わざわ》いしか起こさない。だから、余が管理しておる」

ルル様は、辛そうに話す。その姿を見ていると、聞いているこっちまで辛くなってきた。

そうだよね、自分のお母さんのことだもんね。平気なわけないよね。

ルル様の話は続く。

「先代の魂を見ている内に、余は恐ろしくなった」

そう言って、ルル様は自分の体を見下ろす。眉を寄せたその表情は、とても苦しそうだ。

「余は、あの魂の子供だ。余もいつか同じになるのではないかと、そう思ってしまったのだ」

そうか。だから、私を拒絶したんだ。その、わ、私のこと、好きになってたから。

先代神子《みこ》のように、私を閉じ込めてしまうのではと恐れたんだ。

それは、私への好意が大きいのだと言ってるようなものだ……よね？

うっわー！　凄い告白をされているのかも！

今更ながら、自覚すると照れてしまう。

「余は、リリアンナを不幸にしたくはない」

「ルルちゃん……」

胸が震える。私は、こんなにもルル様に想われているのだ。

嬉しい！　だからこそ、伝えなくちゃ！

「私は、不幸にはならないよ」

「リリアンナ……」

迷子の子供のような顔で、ルル様は私を見た。

私は、満面の笑みを浮かべる。

「だって、私たちの想いは通じてる！　お互いに想い合えてる！　こんな最強なことってないよ！」

私の言葉にルル様が、両目を見開く。

そうなのだ。私たちは、先代神子とジェイドさんのお父さんとは違う。私たちの想いは、一方通行ではない。だって私たちは、バッチリ両想いなんだから！

どんな苦難だって、二人でなら乗り越えていけるのだ。

「ね？　二人で、幸せになろう」

私は、笑顔のままルル様に手を伸ばす。その手に、ルル様の指先が触れた。

やがて、私の大好きな人の顔に、ゆっくりと笑みが広がる。

「ああ、幸せに、なろう」

エピローグ

事件から二ヶ月後。

「……何か、俺が試験に追われている間に、大変なことがあったんだな」

「リリちゃんやロロくんが無事で良かった……」

我が家の子供部屋には、ベルくんとララちゃん、そして、ロロくんが来ていた。

今日は、珍しく皆が揃ったのだ。

ララちゃんは、お菓子屋さんでの修業が今日はお休みで、私やロロくん、ベルくんは試験休みが重なったのだ。こんなこと、めったにないんだよ。久々の大集合なのだ、ババーン！

テーブルの上には、ルディ兄ちゃん特製のお菓子が鎮座《ちんざ》している。

ロロくんが、紅茶の入ったカップに口を付ける。ロロくんにしては珍しく、喋《しゃべ》り通しだったからね。

まあ、これまた珍しく、私があんまり喋らなかったのが原因なんだろうけど。

ロロくんは、ララちゃんたちに事件のことをおおまかに説明していたのだ。二人は私たちのことを心配して来てくれたんだよ。

何でもエイリさんはあの日、ララちゃんやベルくんの家も訪ねたらしくて。ロロくん、大事にされてるね！

事件のことをあまり外部に漏らすのはいけないのだけれど、二人はエイリさんが訪ねたりと、ある意味関係者だし。それに何より、信用できるから話すことにしたんだ。

『そうニャ！　大変だったニャ！』

ニルが、ロロくんの肩から足をぶらぶらさせている。

『まさか、シアン様があのようなことをなさるなんて……』

そう言いつつも、メルは、私の肩でクッキーを口に運んでいる。美味《おい》しい？

「全然、大変だったようには見えないんだけど……。精霊さんたち」

ベルくんが呆れたような表情を浮かべた。いや、呆れてるな、あれは。

『ま！』

『ベルくん、酷《ひど》いニャ！』

精霊組が、たいそう憤慨した様子でベルくんを睨《にら》む。

「いや、ごめんごめん」

謝りながら、ベルくんはクッキーをニルの口元に持っていく。ニルはぷりぷりしながらも、クッキーを頬張った。おお、一口！

『仕方ないから、許すニャ！　もぐむぐ。美味しいニャ！』

「あー、良かったですね」

ベルくんと、ニルは何だか気が合いそうな気がする。……何か、キャラ似てるし。

あ、待てよ。ニルとベルくんが似ていたら、私とベルくんもキャラが似ている疑惑があったわけで……

つまり、今この場にはキャラ被りが三人もいるの！　リリちゃん、ピンチ！　焦った私が、何かやらねば、と必死で考えていると……

「……で、だ」

カチャリと、ロロくんがカップをソーサーに置いた。

「リリさん」

と、ベルくんまでもが、ニヤニヤと私を見ている。な、何だね！

ララちゃんも、興味津々といった感じで私に注目しているではないか！　ど、どうしたの、皆！

「何故、さっきからリリは黙っているんだ。僕にばかり喋《しゃべ》らせて、狡《ずる》いだろう」

ロロくんが不機嫌そうに眼鏡をくいっと直した。うう、これはかなり怒っているなぁ。

だって、だって、だって。今の私、口を開いたらにやけちゃいそうなんだもんー！

「なあなあ、その左手の指輪は何なんだよー！」

向かいに座るベルくんが、身を乗り出して聞いてくる。め、目敏《めざと》いな！

「リリちゃん。何か良いことがあったんだね」

隣に座るララちゃんは、微笑んで私を見ている。ううう。

精霊組は、お菓子に夢中だ。助けにならない。うわーん！

「その指輪、どうしたんだ？」

ベルくんが言ったため気付いたのか、ロロくんが不思議そうに聞いてきた。ロロくんまで！

実は、私の左手の薬指には銀色の鳥を象《かたど》った指輪が光っていた。

以前の私の誕生日に贈られた、鳥のペンダントと同じデザインになっている。……つまり、指輪の贈り主とは――

私は、照れ臭さから指輪を右手で隠し俯《うつむ》いた。うう、恥ずかしいよう。

でも、皆の視線が集まる中、だんまりを決め込むわけにはいかなそうだ。

「……から、もらった」

小さな声で、呟く。途端に、体中に熱が回っていく。なのに、ベルくんは楽しそうな声でからかってくる。

「え？　何だって？　よく聞こえねーよ」

うう、分かってるくせに！　意地が悪いよ、ベルくん！

私は、顔を上げるとヤケクソ気味に叫んだ。

「だから！　好きな人から、もらったの！」

言わせないでよ、もう！

この指輪は、ルル様が贈ってくれた。今のこの世界では指輪を贈る風習はあるけれど、左手の薬指には特別な意味はない。

だけど、ルル様は日本のことを知っていたのか、どうしても左手の薬指に着けてほしいと言ったのだ。頬を赤らめて潤《うる》んだ目をしたルル様は凶器だった。

そんなことを思い出しつつ私は、顔を真っ赤にしてベルくんを睨《にら》んだ。でも、ベルくんは全然気にした様子がない。飄々《ひょうひょう》としている上に、口笛まで吹いて面白がっている。酷《ひど》いよ！

「わあ！　リリちゃん、良かったね！」

「そ、そうなのか」

ララちゃんは、両手を叩いて喜んでくれた。ロロくんは、色恋沙汰に疎《うと》いのか、顔を赤くしている。そ、そんな反応されたら照れちゃうよーう！

「良かったな、リリ！　恋人ができてさ！」

「恋……っ！」

ベルくんの言葉に、思わず舌を噛んでしまった！　だ、だって、恋人って！

た、確かにルル様とは、両想いだけどさ！　ちゃ、ちゃんと、気持ち確かめ合ったし！

ゆ、指輪ももらったし。

ああ、本当に照れるよー！

「何だ、違うのか？」

ベルくんは頭の後ろで腕を組んで、面白くなさそうに言う。くっ、他人事だと思って！

「ベル。リリが困っている」

「そうだよ、ベルくん。そういうのって不躾《ぶしつけ》って言うんだよ」

ロロくんとララちゃんが助け船を出してくれた。二人ともありがとう！

そんな二人に、ベルくんは口を尖《とが》らせる。凄く不満そうだ。

「何だよー、二人だって気になるだろー？」

ベルくんの言葉に、ロロくんとララちゃんは顔を見合わせた。おや？

「それは……」

「そうだけど……」

「ほらなー！」

二人の言葉に、ベルくんは勝ち誇った顔を私に向ける。

くっ、ロロくんとララちゃんの裏切り者ー！

皆、そんなに私の恋路が気になるの！　他人の恋は蜜の味なのかい！

なにさ、皆して色気付いちゃって！　私は、嘆かわしいよ！

「ぬううう……！」

指輪を隠したまま、私はうなり声を上げる。

確かに、私だってこの中の誰かが指輪をしていたら、気になるよ！　問い詰めたくなるよ！

あー！　やっぱり、指輪は大事にしまっておけば良かったかなぁ。でも、でもでも！　ルル様にいつも身に着けていてほしいって言われてるしなぁ。

……私だって、いつでもルル様を感じていたいし。

指輪を差し出してきた時のルル様をまた思い出し、私は更に真っ赤になる。もう、全身が痛いくらい熱いよー！　ベルくんの、バカー！

「ほらほら、リリさん。遠慮なくノロケても良いのよ？」

ベルくんは、楽しげだ。ベルくんって、恋バナ好きなんだね。初めて知ったよ。

だけど、私の恋の話は安くはないんだからね！

「べ、ベルくんこそ、どうなのさ！　学校で好きな人とか、できたんじゃないの!?」

私は、苦し紛《まぎ》れに話題を逸らそうとベルくんに話を向けた。すると。

「い……っ！　俺!?」

今度は、ベルくんが赤くなる番だった。固まってしまっている。

おや？　この反応は、まさか……！

「ベルくんこそ、良い話があるんじゃん！」

私は、ベルくんを指差した。

ベルくんはガタンと席から立つと、慌てて両手を振った。

「な……！　ち、違うぞ！　す、好きとか、そんなんじゃなくて、気になるっていうかさ！」

「ベルくん……」

「それは、いると言っているようなものだ」

ベルくんの慌てた様子に、ララちゃんとロロくんが呆れたように指摘する。

確かに、今のベルくんは露骨《ろこつ》に怪しかった！

「あ……」

ストンと、耳まで赤くしたベルくんが椅子に座り直す。それから、私を気まずそうに見た。

「もう、この話題は止めようぜ……」

「そうだね……」

疲れきったようなベルくんの言葉に、私は頷《うなず》く。この話題は、恥ずかしさしか生まないんだよ……

私たちの羞恥心《しゅうちしん》が分かったのか、それとも自分たちに矛先《ほこさき》が向くのを恐れたのか。ララちゃんとロロくんは、これ以上追及してこなかった。

ふう、やれやれだ。

『恋の話は、終わりましたの？』

『その話なら、何も生まないという結論が出たニャ！』

……精霊組はお気楽だなぁ。まだ、お菓子食べてるし！　お皿の上のクッキーはもう殆《ほとん》どない。食べ過ぎだよ、二人とも！

「そういや、ユリウスやリリは精霊使いになるの、決定なんだよな？」

ベルくんが話題を変えた。恋の話から離れられるなら、何だって来いだよ！

……昔は、誇らしげに話せてた好きな人の話題でも、叶っちゃうと恥ずかしいんだなぁ。

そんなことを思いながら、私は頷いた。ロロくんも同じく頷く。

「無事に学校を卒業できたら、だけどな」

「まだまだ、習うことたくさんだよ」

精霊と契約したからといって、すぐに精霊使いになれるわけじゃない。中等部では、精霊と一緒に授業も受けなきゃいけない。覚えることもいっぱいだ。

「でも、二人とも将来の進路は決まってんだよな？」

クッキーを頬張りながら、ベルくんは聞いてくる。

私とロロくんは、また頷《うなず》いた。

「僕は、精霊教会で研究したいことがある」

「行き先、同じだね！」

精霊教会は、精霊についての研究が一番進んでいるところだと前にロロくんは言っていた。

私の場合は、巫女《みこ》になって教会に行くんだけどね。

あ、巫女の選定方法だけど、優秀な女の精霊使いから、候補が選ばれるんだ。そして、巫女を決める最終的な判断を下すのは、神子《みこ》——つまり、ルル様だ。

だから、私は巫女候補にさえ入れれば、巫女になれる筈《はず》なのだ！　選んでくれるよね、ルル様！

だけど、巫女候補になるのは簡単なことじゃない。たくさんいる中から選ばれる、ほんのひと握り。候補になる為には、とにかく優秀でなければならない。リリちゃん、お勉強頑張るぞ！　精霊結界は習得したんだ。素質はある筈だ、きっと。頑張れ、私！

「リリも精霊教会に行くのか」

「まあね」

ロロくんが、笑う。

「君とは長い付き合いになりそうだな」

私もそう思うよ。ロロくんだけじゃなく、ララちゃんやベルくんともね！

「リリやユリウス、ララも将来決まってんのな」

ララちゃんは、ふんわりと笑う。

「美味《おい》しいお菓子、皆に食べてもらいたいな」

うん。ララちゃんなら、優しい雰囲気のお店が開けるよ！

可愛らしいお店に、にっこり笑う店主のララちゃん。あまくて美味しい、お菓子たち。想像するだけで幸せな気持ちになれる。

「ベルは、また進路に悩んでるのか？」

ロロくんが、ベルくんに質問する。

幼等学校時代にも、ベルくんは進路に悩んでいた。そのことを、ロロくんは思い出したのだろう。

だけど、ベルくんは首を横に振って否定した。

「俺、宮廷魔術師になるよ」

今、ベルくんは確固たる意思を持って、そう言った。その目に迷いはない。

宮廷魔術師は、魔法使いの中でも難関の役職だ。それをベルくんは目指しているとは！

「ベルくん、凄いね」

ララちゃんが、感心したように言う。

「決めたんだな」

ロロくんの言葉に、ベルくんは頷いた。

「ああ。先生には、他にも道はあるって言われたけど、俺はもう決めたんだ。簡単には諦めない」

「そうか……。お互い、頑張ろう」

「ああ！」

ロロくんは力強く頷《うなず》き、ベルくんの肩を叩いた。

男の友情ってやつだね！

そうして、私たちがそれぞれの進路で盛り上がっていると、扉が叩かれた。

「おーい、追加持ってきてやったぞ」

「入っても良いかな」

ルディ兄ちゃんと、アル兄ちゃんだ！

奇遇なことに、今日は兄ちゃんたちもお休みなのだ。やったね！

事件のゴタゴタが終わり、兄ちゃんたちも漸《ようや》くお休みを取れるまで落ち着いてきた。兄ちゃんたちにまた構ってもらえるようになって嬉しいよー！

私は、急いで扉に駆け寄る。

「どうぞなのー！」

ルディ兄ちゃんが持つ大きなお皿の上には、たくさんのシュークリーム……じゃない、リッペルフェが！　リッペルフェは、見た目も味も前世でのシュークリームにそっくりなんだよ。

ルディ兄ちゃんのお手製のリッペルフェは、とっても美味しいの！

「紅茶もお代わり持ってきたからね」

ルディ兄ちゃんに続いて、アル兄ちゃんも部屋に入ってくる。二人とも、ありがとー！

「何から何まで、本当にすみません」

「ありがとうございます」

恐縮するロロくんとララちゃん。ベルくんは、リッペルフェ登場に目を輝かせている。ベルくんは、何処《どこ》までいってもベルくんだね！

『ルディ様、アル様。美味《おい》しいものをありがとうございます』

『凄く美味しそうニャ！』

メルとニルも、私とロロくんの肩から下り、目を輝かせながら机の上に座り直した。

……二人とも、あれだけクッキーを食べておいて、まだ入るの？

その小さな体に反して、二人の胃袋は巨大なようだ。

「さあ、どうぞ。今回のも、自信作だぜ！」

「ルディは、いつもそれだね」

自信満々なルディ兄ちゃんに、アル兄ちゃんは苦笑している。

それに対し、ルディ兄ちゃんは胸を張った。

「当たり前だろー？　俺は、日々進化してるんだぜ」

そう言って、机の上にお皿を置くルディ兄ちゃん。

すぐさま、リッペルフェに飛び付くメルとニル、そしてベルくん。

……ベルくん、君は大物の素質があるよ。

「すっげー、美味しいです！」

と、感動するベルくんに遅れて、リッペルフェに手を出す私たち。

もしゃもしゃと、食べる。途端に、甘味が口いっぱいに広がった。美味しーい！

「わあっ！　私もいつか、こんな風に作れるようになるのかなぁ」

「ああ。俺なんかすぐに追い抜くぜ」

「そうかなぁ」

お菓子作りにおいて同じ人を師に持つ二人は、ほのぼのと会話している。

その後ろに立つアル兄ちゃんもにこにこ笑っていた。だが、何故だろう。背筋が凍るような気がするのは。

アル兄ちゃんの視線の先は、ロロくんとベルくんだ。

ま、まさか。私の男友達を値踏みしているのか！　そうなの、アル兄ちゃん！

ハッ！　アル兄ちゃんの視線に気が付いたらしきロロくんの顔色が悪い！　ベルくんは……まあ、普通だ。ベルくんだもんな。そうだよね。うんうん。

ロロくん、頑張れ！

「……ねえ、リリ」

おっと、突然矛先《ほこさき》が私に向いたぞ！

「な、何？　アル兄ちゃん……」

ぎこちない動きで、私はアル兄ちゃんを見る。ああ、何だか嫌な予感がするよ……

アル兄ちゃんは、微笑んだままだ。その視線の先にあるのは私の左手なわけで。ま、まさか――

「その指輪は、ユリウスくんか、ベルファくんのどちらかにもらったのかな？」

「ぶっ！」

「へ？」

驚きのあまり、ロロくんは飲んでいた紅茶を噴き出し、ベルくんは間の抜けた声を上げた。

ちょっと、アル兄ちゃんったら、何を言い出すのさ！

「ねえ、リリ。教えてくれないかな？」

「お、おい。ディアス？」

雲行きの怪しさに固まってしまった私の代わりに、ルディ兄ちゃんがアル兄ちゃんに声を掛ける。

だが、しかし。

「ルディは、黙っていて」

「は、はい！」

アル兄ちゃんの迫力に、ルディ兄ちゃんはさっと引き下がる。ああ、ルディ兄ちゃん～！

味方を失った私は、うろうろと視線をさ迷わせた。アル兄ちゃん、こわいよーう！

うろつかせた視線の先で、リッペルフェを頬張るベルくんと目が合う。……この際、ベルくんでも良い！　今の状況を何とかしてくれー！

と、念を送ったら、俺に任せろとばかりにベルくんが頷《うなず》いてくれた。ベルくん～！

口の中のリッペルフェを呑み込んだベルくんは、アル兄ちゃんへと顔を向ける。ベルくん、期待してるからね！

「好きな人から指輪をもらったって、リリは言ってました！」

「ベルくんんん!?」

何言っちゃってんの！

ベルくんは口の周りのクリームをなめとりながら、私にぐっと親指を立てた。

「リリが言いづらいのかと思って、代わりに言ってやったよ！」

「そんな気遣い、いらないよ！」

私はバンバンと、机を叩く。

『リリちゃん、揺れますわ』

『止《や》めるニャ！』

メルとニルに注意された！　私に味方はいないのか！　ていうか、二人は食い気よりも、友情を大事にしようよー！　リリちゃん、悲しい。

ララちゃんは、初めて見る不穏な空気のアル兄ちゃんの姿に驚いている。ララちゃんの前だと、基本的に良い兄ちゃんだからね！

ロロくんは、元からアル兄ちゃんを苦手としていた。助けを求めるのは酷《こく》か。

「リリ、どういうことなのかな？」

笑顔なのに、言われている私の背筋が凍るってどういうことなの、アル兄ちゃん。

くあー。やっぱりアル兄ちゃんには、私の恋の話は禁句なままなのか！

「それは。えっと……」

私は椅子から立ち上がりながら、言葉を濁《にご》す。

ジリジリと迫ってくるアル兄ちゃんを避けるように、少しずつ移動する。

視界の隅では、音を立てずに扉を開けてくれているルディ兄ちゃんが見える。ナイスだよ、ルディ兄ちゃん！

「リリ？」

アル兄ちゃんの視線は私にしか向いていないから、扉は見えていない筈《はず》。私は、アル兄ちゃんと目を合わせながら慎重に歩く。

ここで間違えれば、アル兄ちゃんにルル様のことがバレてしまう。それは、駄目だ。何だか、嫌な予感しかしないのだ。

「えっとねー……」

言いながら、タイミングをうかがう。今だ！

「それは、秘密なの！　ごめんね、アル兄ちゃん！」

扉へ向かってダッシュ！　私が扉をくぐると、ルディ兄ちゃんがすかさず閉めてくれた。ありがとう、ルディ兄ちゃん！

「ちょっと、リリ!?　そこを退《ど》いてよ、ルディ！」

「まあまあ、落ち着けってディアス」

「リリ！　失恋したんじゃなかったの！」

扉の向こうからそんな会話が聞こえるけど、私は走るのを止めない。アル兄ちゃん、確かに私は失恋したよ。

でも、恋から逃げずに頑張ったら、実《みの》っちゃったんだよね！

よーしこのまま、お庭まで行ってやるのだ！

確か中庭では、兄ちゃんたちと同じく休みの取れたパパが、ママと一緒にお茶会をしている筈だ。

夫婦水入らずを邪魔するのは気が引けるけど、二人なら許してくれるだろう。

パパがいれば、アル兄ちゃんもそれなりには自制してくれる……と思う。

私は、そっと左手の指輪に触れる。

「アル兄ちゃんには悪いけど、邪魔はさせないんだから！」

私は、精霊使いになって、そして巫女《みこ》候補に選ばれるのだ。

それから巫女になって、ずっとルル様と一緒にいるんだ。

二人で、永遠に幸せになるんだから！

私の物語は、まだまだこれからなのだよ！

「ルル様、待っててね！」

走り続ける廊下の窓から見えた空は、とても青く澄み渡っていた。

番外編

巫女《みこ》と別れの日

荘厳《そうごん》な雰囲気の広間にある、豪華なステンドグラス。天空から降り注ぐ光がステンドグラスを通して様々な色に揺らめき、広間を照らしている。

ディーン王国の建国、すなわち神子《みこ》と英雄王の物語をテーマとしたステンドグラスは、静かに私たちを見下ろしている。

そう、私「たち」だ。

私――リリアンナ・ユミリ・シュトワールは、ステンドグラスに照らされる中、精霊教会の敷地内にある、「選定の間」で両膝をつき顔を伏せていた。因《ちな》みに、両手は胸の前で組んでいる。

私の左右には、私と同じ年頃の少女たちが同じく祈るような姿で膝をついている。

皆、選定の時を待っているのだ。

コツンコツンと、上段から司祭が下りてくる。

少女たちの間に緊張が走る。私も、ごくりと唾を呑んだ。

「あの人」を信じているとはいえ、緊張しちゃうのは仕方がない。私だって、決定を聞くまでは分からないんだもの。

司祭が、私たちの近くまでやってきた。

私はぎゅっと、手を握る力を強める。

「――選定は下された」

老齢の司祭の、重々しい声が響く。ステンドグラスから零れる光が、司祭の影を作っていた。

お願い。どうか、どうか――

コツンコツンと靴音が鳴る。司祭が、私の前で足を止めた。

「リリアンナ・ユミリ・シュトワール」

「はい」

名を呼ばれ、私は顔を上げる。

司祭の顔は逆光になっていてよく分からなかったけれど、今の私には司祭の顔が見えないことなど些細《ささい》なものだ。

司祭が再び口を開く。

「そなたを、今代の巫女《みこ》とする。――おめでとう」

ああ、決まった――

そう告げられた私の胸には、歓喜よりも先に、安堵が広がった。

――巫女。私がずっと目指していたもの。神子に一番近い存在で、神子を支える者だ。男の神子の時に選定され、女の精霊使いから選ばれる、極めて稀《まれ》で、重要な存在。

あの人の隣にいる為に、私はずっと努力してきたのだ。

「ありがとうございます。謹《つつし》んで、お受けします」

他の巫女《みこ》候補だった少女たちが落胆に肩を落としているけれど、これだけは譲れないのだ。だから、私は微笑んだ。漸《ようや》く歓喜がわき上がる。

リリアンナ、十七歳。巫女に決定しました！


巫女候補から選ばれ、唯一の巫女となった私は、別室へ移動させられた。

他の巫女候補だった少女たちは、皆帰される。

数ヶ月間、彼女たちと私は寝食を共にした。

大人たちの様々な思惑により巫女候補として教会に上がった精霊使いの少女たちとは、それなりに交流があった。

だけどそれは、けっして友好的なものではなかった。

何しろ、私はその中で、最有力の巫女候補だったのだ。

勿論《もちろん》家柄的なこともあるけど、それだけじゃない。精霊使いとしての実力も、彼女たちの中では私が一番だ。自惚《うぬぼ》れなんかじゃない。

年頃になってから巫女候補となった彼女たちとは違い、私は幼い頃から巫女を目指していたのだ。

そして、十歳のあの日。私は最愛の人と、一緒に幸せになろうと約束した。

あの日から私は、ずっと、本当にずっと、努力してきたのだ。あの人のことをよく知らない人たちに、負けるわけにはいかないのだ。

「……約束、守ったよ」

椅子に腰掛け、呟いた。

長かった。幼い日の約束から、七年。私は本当に頑張った。自分で自分を誉めてあげたい。

でも、ライバルの少女たちには少し罪悪感がある。

確かに、数少ない巫女候補の枠に入ったのは私の実力だ。それは絶対に、私自身の力だ。

精霊使いとして、メルと一緒に、パパから使役《しえき》の術を学んできた。精霊使いとしての実力だけじゃなく、淑女《しゅくじょ》としての振る舞いもきっちり身に付けてきた。十歳の日から毎日毎日、ひたすらに。

他の候補にも、胸を張って言える。狭き門である巫女候補には自力でなったのだから。

だけど、最終的に巫女を決めるのは――神子《みこ》自身なのだ。

その、詰まるところ……私が候補になった時点で、勝負は決まっていたというか。

……だって、あの人が私以外を選ぶ筈《はず》がないもの。こ、これも、自惚れじゃないよ！

「……ごめんね」

別室の窓から見えるのは、去っていく少女たちを乗せた馬車だ。

選ばれなかった彼女たちの心境を思うと、少しばかり心が痛む。嫌《いや》みを言ってくる相手だったけど、彼女たちも本気で巫女になりたかった筈だ。

いや、だとしても私は譲らないけれどね。こればっかりは、仕方ないのだ。

コンコンと、部屋の扉がノックされた。

「どうぞ」

私が返事をすると扉が開かれ、私と同じ年頃の白いワンピースを着た女の子が入ってきた。

彼女は私に一礼すると、口を開いた。

「巫女《みこ》様。神子《みこ》様がお会いになられます。私がご案内いたしますので、ついて来て下さい」

「はい」

いよいよ、だ。

私は椅子から立ち上がる。

女の子は、じっと私を待っていてくれた。

「では、巫女様。こちらへ」

「分かりました」

私の声は、弾んでいる。

だって、だって！　久し振りに、あの人に会えるのだ。

この数ヶ月間、他の候補たちがいる手前、秘密の鍵を使うことはできなかった。

だって皆して、私の一挙手一投足を見逃さない、とばかりに注目してくるんだもん。秘密の鍵などという、彼女らにしてみれば反則的なものなど使えないよ。

バレたら、教会に告げ口されたかもしれない。

そうなったら最悪、候補から外されていたかも。それは絶対に避けなくてはいけないと、私は秘密の鍵を使うのを我慢していた。

だから、数ヶ月振りのあの人に、私の心は躍るのだ。

「神子様は、執務室でお会いになられるそうです」

教会の廊下を歩きながら、女の子が話してくれる。

「執務室……」

そうか、神子だもの。教会での仕事もあるよね。

「はい。今の時間ですと、神子様は執務中ですので」

仕事があるのに、新たな巫女——私に会うのを優先してくれたんだ。

そう考えて、私は思わずにやけそうになる。嬉しいよう。

「巫女様、こちらです」

女の子はとある扉の前で立ち止まった。

細かな装飾を施《ほどこ》された赤い扉は上品で、それでいて近寄り難い雰囲気を持っている。

この扉の向こうに、あの人がいるんだ！

コンコンと、女の子が扉を叩く。

「神子様、お連れいたしました」

「うむ、入室を許可する」

中から久し振りに聞く声がして、私の胸はドキドキと高鳴る。

女の子は、私に向き直った。

「では、私は扉の前で待機しておりますので、どうぞ中にお入り下さい」

「は、はい。分かりました」

一礼され、私も慌てて頭を下げた。

そして、ドアノブに手を掛け、私は扉を開いた。

「失礼します」

女の子の手前、私は他人行儀な口調で中に入った。扉もしっかりと閉める。

執務室は広く、落ち着いた調度品と、机とソファーがあった。全体的に色合いが白い。

そう思いながらも、私は既に歩き出していた。机の前で佇《たたず》む、神子《みこ》装束を着た赤毛の青年のもとへと。

「ルル！」

「リリアンナ！」

私はルルの胸元に飛び込んだ。

ルルだ！　数ヶ月振りのルルの感触だ！　あったかーい！

数年前から、私は彼をルルという愛称で呼ぶようになった。だ、だって、恋人になったんだもん！　特別な呼び方をしたかったんだよー。

「この日を待ちわびたぞ、リリアンナ」

「うん。お待たせ」

ルルの胸元に、頬をすり寄せる。

ふふーん、久し振りのルルの体温だ。堪能《たんのう》せねば。

「この数ヶ月会えず、おかしくなるかと思うたぞ」

「ルル……」

ちょっ、直球だね！　私、照れちゃうよ！

十九歳になったルルは、髪型は子供の頃から変わらないけれど、身長が凄く伸びた。

顔立ちも、少年の甘やかさが抜け、精悍《せいかん》な顔つきになっている。大人びているのだ。美青年に成長してしまったとも言う。

そんなルルに愛おしそうに頬を撫でられて、私は顔が熱くなるのを感じた。

うう、ルル、その表情は反則だよう。

愛称で呼ぶようになって随分と経つけれど、ルルが私を甘やかす時に漂《ただよ》わせる色気には、未だに慣れることはない。これから先も、慣れる気がしない。

だってルル、本当にカッコイイんだもん！

「リリアンナ。巫女《みこ》就任、よく頑張ったな」

「ルルこそ、私を選んでくれてありがとう！」

「当然であろう。余は、そなた以外目に入らぬからな」

おおう。またまた直球来ましたよ！

十五歳を過ぎた辺りから、ルルは自重しなくなったのだよ。

まあ、私としては嬉しい限りだけどね！

ルルと私は、抱き合う腕に力を込める。

私たちは、これから巫女就任の儀式やらで忙しい毎日を過ごすのだ。

だから、またしばらく会えなくなる。

「ルル。私、頑張るからね」

「ああ、待っているよ」

私たちは、長い間抱擁《ほうよう》を交わしたのだった。


さて、神子《みこ》との面会が終わり、私は一度家に帰ることになった。

巫女《みこ》となったのはもう決定事項だけど、正式な御披露目《おひろめ》は一ヶ月後なのだそうだ。それまでは、家族とお過ごしくださいと言われた。ちょっとホッとしたのは、ルルには内緒だ。

我が家はきっと、凄い騒ぎだろう。

なんたって、シュトワール家から巫女が出たのだから。

色んな準備があるだろうし、お祝いもしてくれるだろうしね～。

私は誇らしい気持ちで、数ヶ月振りの我が家に踏み込み、すぐさま踵《きびす》を返した。

だって、玄関ホールにアル兄ちゃんが仁王立ちで私を待ってたんだもの！　笑顔で！　でも、目は笑ってないの！

「やあ、リリ。久し振りだね」

背中越しに声を掛けられ、私は恐る恐る振り向いた。

「う、うん。た、ただいま、アル兄ちゃん」

「お帰り」

兄ちゃんは笑ったまま、挨拶《あいさつ》を口にする。

そして、表情を一変させて、悲しげな顔をした。

「リリは本当に酷《ひど》いよね。いきなり巫女候補になったと報告したら、僕らに挨拶もそこそこに教会に行っちゃうんだから。しかも、それから数ヶ月も音沙汰がない。本当に、酷いよ」

「そ、それは……」

不味《まず》い。アル兄ちゃん、怒ってる。悲しそうにしてるけど、あれは心の底から怒りが溢れてる筈《はず》だ。兄妹の勘がそう告げている。

うう、巫女候補になったのに浮かれてて、アル兄ちゃんへのフォローを怠《おこた》っていた数ヶ月前の私、恨むよー！

巫女候補期間中は、外部との接触は禁止されていたから、手紙も出せなかった。アル兄ちゃんだってそれは知ってるんだろうけど、だからこそもっと事前に色々やっておくべきだったんだよね。ごめんよ、兄ちゃん。

私が引きつった笑みを浮かべていると、ポンッという音がしてメルが姿を現した。メルー、久し振りー！

『アル様。そうリリちゃんを責めないでくださいまし。巫女になるのはリリちゃんの夢でしたし、わたくしだってリリちゃんとは会えなかったのですから』

「メル……」

そうなのだ。巫女の選定に際しては、本人の資質だけを見るということで、精霊も期間中は教会に出入り禁止となっていたのだ。

まあ、実際のところは。候補同士が諍《いさか》いを起こした時に、精霊を使わせない為だと思う。精霊の力って凄いから。

「……メルが、そう言うのなら」

アル兄ちゃんは、渋々引き下がった。でも、納得はしていないようだ。

もーう、アル兄ちゃんったら二十四歳になったんだから、いい加減大人になってよーう。

まあ、この過保護さも後一ヶ月となると、寂しくもあるけれども。

いや、凄く寂しいけれど！

でも、ルルと共に生きるという夢を、私は叶えたのだ。それがこの先、家族とは自由に会えなくなることを意味しているとしても……私は後悔しない。

だから、相手が大好きな兄ちゃんでも、邪魔はさせないよ！

私とアル兄ちゃんは、無言で睨《にら》み合った。すると——

「よお、リリ。帰ったのか」

ルディ兄ちゃんが、片手を上げて歩いてくるのが見えた。

ルディ兄ちゃん、久し振りだね！　相変わらず、お菓子の甘い匂いを漂《ただよ》わせていて何よりだよ。

と、私はルディ兄ちゃんに手を振りながら、その後ろに控えめに立つ人物に目を向けた。

彼女は、穏やかに笑っている。

「シアンさんも、ただいま！」

「ああ、お帰り。リリ」

ルディ兄ちゃんの後ろにいたのは、男装の麗人であるシアンさんだった。

シアンさんは、二年前に幽閉《ゆうへい》の身から解放され、我が家で暮らすようになったのだ。パパとママが、シアンさんに家へおいでと言ってくれたんだよ。

私、凄く嬉しかった！

やっぱり、私のパパとママは最高だよ！

最初は遠慮がちだったシアンさんだけど、今ではよく穏やかな笑みを浮かべるようになった。とても幸せそうだ。

「リリ、巫女《みこ》になったんだってな」

「おめでとう、と言うべきかな」

二人の言葉に、私は満面の笑みを浮かべた。


その日の夕食は、家族皆が揃った。忙しいパパもちゃんといる。勿論《もちろん》、シアンさんもだ。彼女も我が家の一員だからね。

「リリちゃん、よく頑張ったわね」

ママがにこやかに言った。相変わらず、若々しくて可愛らしいママである。

「……」

にこにこのママとは反して、パパは眉間にシワを寄せて無言だ。

私、もう分かってるもんね。パパは、私との別れが寂しいのと、私が重責を担う巫女《みこ》という立場になったのが嫌なんだよね。娘に苦労させたくないのだ。私、愛されてるー。けれど、その分パパからルルへの対応が心配になってくる。パパがルルに容赦ないって話、聞いたことあるし。

「うん！　私、頑張りましたよー！」

いつもよりも豪華な食事を頬張り、私は言う。ステーキだよ、ステーキ！　これは、上等な肉が使われてると見た。わーい！

「……まだ、早い」

「ええ、父上。まったくです」

パパと兄ちゃんがブツブツと文句を口にしたけど、私は華麗にスルーした。

「リリが、神子《みこ》様のお嫁さんかぁ。何か、想像つかねーぜ」

「リリ、幸せになるんだよ」

ルディ兄ちゃんとシアンさんの言葉に、私は笑い掛ける。

「当然！　幸せにもなるし、巫女の座は誰にも譲らないよ！」

フォークをお皿の上に置いて、私は拳《こぶし》を握る。ルルの横に立つのは私なのだ！

「あらあら。リリちゃん、急に大人になった気がして寂しいわね」

ママがしんみりと呟く。

「ママ……」

「ふふ。残り一ヶ月なんて、一緒に過ごすには少ないわねぇ」

ママの言葉に、食卓が静かになる。

私はこれまで、家族と一緒に幸せな生活を送ってきた。それは全て、皆のお陰だ。

「……」

無言のまま、ママを見た。ママは、微笑み返してくる。パパや兄ちゃんたちとは騎士団繋がりで会えるけれど、ママとはきっともう、ほとんど会うことはできなくなってしまうのだ。

「駄目ねぇ。年を取ると、弱くなってしまって……」

ママの言葉に少し胸が痛んだ。けれど、しっかりとママと視線を合わせる。

「ママ」

「なぁに、リリちゃん」

「確かに、私たちは距離は離れちゃうけれど、でもね」

私はそう言って、一人一人家族の顔を見ていく。

そして、表情を引き締める。

「心の距離までは、離れるつもりはないんだよ」

はっきりと告げる。私の想いを、皆に。

そう。後悔など私にはない。ルルの側に行くのは、長年の夢なのだから。

今日という日に至るまで、私が家族との別れを考えなかったわけではないのだ。

何度だって、別れの日を想像した。

想像しただけで、涙が出た日もある。

でも、迷うことはなかった。

私の夢が揺らぐことはなかった。

私は決めたのだから。あの幼い日、愛おしい人と交わした約束を、絶対に果たすと。

それには、どうしても大切な人たちとの別れは避けられない。

でも、覚悟をした。

私は、身も心も強くあろうとしてきたのだから。

それに私は、絆《きずな》というものを信じている。

目には見えないものだけど、私たちの間には太くて強い絆があると思っている。

私はそんな想いを込めて、言葉を紡《つむ》ぐ。

「心には距離はない。私たちは、いつも一緒だよ。私は何にも代えられない気持ちと、思い出を抱いているんだよ。抱いたうえで、私は定めた道を歩む」

「リリちゃん……」

ママは、軽く目を見張って私を見た。それから、表情を和《なご》ませる。

「本当に、大人になったのねぇ」

ママの言葉に、ルディ兄ちゃんが頷《うなず》く。

「ああ。あのリリが、ここまで言うようになるなんてなぁ」

「あの」が何を指すかは、聞かないでおこう。

私、誉められたんだよね？　そうなんだよね、ルディ兄ちゃん！

私の前に座るシアンさんが、私に温かな眼差しを向ける。

「リリ。僕の可愛い女の子は、もう一人で立っていたんだね」

「シアンさん……」

うん。私は、もう一人でも歩いていけるんだよ。

だから、シアンさん。貴女も、幸せな道を歩んでほしい。

我が家に来てから、私たちの家族となってから、シアンさんが日本での私の——七緒の「お父さん」の話をすることはなくなった。

この世界で、私の家族の温かさに触れる内に、シアンさんの内面が変化していったようだ。

七年前の、悲しいまでの日本への執着が、今のシアンさんにはないのだ。

——きっと、「今」を見ているのだろう。

それは、とても嬉しい変化だ。

シアンさんの道は、過去ではなく未来に続いている。私はそう確信している。

「……私は、もう立派な淑女《しゅくじょ》ですよー」

ママやルディ兄ちゃん、それにシアンさんに誉められて、私はちょっと頬を赤くした。

『そうですわね。子供の頃とは見違えるほど、女らしくなりましたわ』

それまで黙って私の肩に座っていたメルが、皆に同意する。

ん、誉めてるんだよね、それ。何か、子供の頃の私は女の子らしくなかったって言われてる気がするんですけど！

「メル……」

『あら、情けない顔になってますわ、リリちゃん。リリちゃんはもう立派な淑女《しゅくじょ》なんでしょう？ほら、笑ってくださいまし』

メルがピコピコとした動きで、小首を傾げる。……うむ、悪意はないんだよなぁ。悪意は。つまり、本心で言っちゃってるわけで……

「メル、酷《ひど》いよ」

『まっ。わたくしは誉めましたのよ？』

「うん。そーだねー」

メルは本当に、悪気はないんだよなー。

「あはは、リリはメルには形無しだね」

朗《ほが》らかに笑うシアンさんには、陰りなど見えない。

うん。シアンさんの笑顔が見られたから、メルの無礼は不問にしよう。

「リリアンナ」

「何ー？　パパー」

私はパパを見つめる。うむ、相変わらずの美形だ。我がパパながら、三人……いや、シアンさんを入れて四人の子持ちとは思えない。未だに、パパのファンになる女の子は絶えないのだ。

そんな罪作りなパパは、真剣な眼差しを私に向けている。

「……あの方は、とても難しい立場にある」

「はい」

パパの言うあの方とは、ルルのことだろう。私は表情を引き締めた。

「幼い頃より、様々なものを背負ってきている方だ」

そこまで言うと、パパは一度目を閉じた。

眉間にシワが寄っている。

ルルとの今までを思い出しているのだろうか。

ルル、パパの目が届かない日なんかは、教会を抜け出してたりするらしいからね。その苦労などを思い出しているのかも。パパ、頑張れ！

パパはそっと、目を開けた。

「……支えてやりなさい」

「え……？」

パパの言葉に、私は問い掛けるように視線を合わせる。

パパはゆったりと頷《うなず》いた。そして、

「あの方を、支えてやりなさい」

と、繰り返す。

「パパ……」

熱いものが、私の胸にこみ上げてきた。

パパは今までどちらかと言うと、私の恋や異性関係には厳しい態度を取ってきた。

なのに、今、パパは私にルルを支えるように言ったのだ。

ルルと私の関係を認めてくれたんだ！　あのパパが！

「うん、うん！　私、頑張るよ、パパ！」

私は声高らかに宣言した。ルルの為なら、いくらでも頑張れちゃうもん！

その為に、今まで努力してきたんだから！

私は力一杯拳《こぶし》を握った。闘志がみなぎるのである。

パパに認められるという奇跡を成し遂げたのだ。これから待ち受けているであろう困難だって、何のそのだよ！

ガタンッ。誰かが、席を立つ音がした。

家族皆で視線をやれば、そこにいたのは両手をテーブルにつき、ふるふると体を震わせるアル兄ちゃんだった。

アル兄ちゃんは、ゆらりと顔を上げる。その顔は、怒りに満ちている。

「父上！　何故、許すのですか！」

「アルトディアス」

それをパパは平然と受け止めている。さすが、神護《じんご》騎士団の団長である。貫禄あるー。

「僕は、まだ早いと思います！　まだ、せめて後十年は！」

「アル兄ちゃん、アル兄ちゃん。十年はちょっと……」

「リリは、黙っていて！」

アル兄ちゃん、怖い。怖いよー。

「はい！」

アル兄ちゃんにキッと睨《にら》みつけられ、私はシュビッと右手を上げ返事をする。アル兄ちゃん、怖い。怖いよー。

「ディアス……十年は、なげーよ」

無言のパパに代わり、ルディ兄ちゃんが、アル兄ちゃんを諫《いさ》める。そうだー、ルディ兄ちゃんもっと言ってやれー！

私は怖くて、何も言えなかったけど！

「ルディまで……。ルディは、寂しくないの？　こんな、突然巫女《みこ》だなんて……」

アル兄ちゃんは、ショックを受けたような表情になる。

兄弟であり、相棒でもあるルディ兄ちゃんから理解を得られないのが衝撃だったのだろう。

ルディ兄ちゃんは、頬を掻いた。

「いや、まあ。俺としては、リリに好きなやつがいんのは分かってたし。それが神子《みこ》様だっつーのは驚きだったけど……」

そこまで言って、ルディ兄ちゃんは私に微笑み掛けた後――

「リリが幸せになるんなら、俺は大賛成だ」

と、アル兄ちゃんに言ってのけた。

「ルディ……」

「なあ、ディアス。そろそろ認めてやろーぜ。リリは、最難関と言われている巫女候補になり、そして勝ち取ってきたんだ」

ルディ兄ちゃんは真剣な表情で続けた。

「女の本気は、すげーんだ。男の俺らが、いや、他の誰が何と言おうと、意思は覆《くつがえ》らねーよ」

さすが。「お母さん」の魂を宿しているだけある！　女というものを分かってるー！

「女だけじゃないけどさ。覚悟を決めたやつってのは強い。もう、分かってるだろ？」

「……」

アル兄ちゃんは無言で、唇を噛む。

ルディ兄ちゃんの言葉を、頭の中で反芻《はんすう》しているのかもしれない。

それだけ、ルディ兄ちゃんの説得には力があったのだ。

「リリ……」

しばらく何も言わなかったアル兄ちゃんが、私の名前を呼ぶ。

「何、アル兄ちゃん」

私は真《ま》っ直《す》ぐアル兄ちゃんを見つめた。

私も分かっているのだ。アル兄ちゃんが、私の身を案じてくれているのだと。

権謀術数《けんぼうじゅっすう》が渦巻く王宮ほどではないけれど、精霊教会にも、大人たちの色んな思惑が絡んでいる。

そんな場所で暮らすことになる私を、アル兄ちゃんは心配しているのだ。

……うん。私は家族というものに、本当に恵まれている。

前世然《しか》り、今の世も。

「リリ。君は、幸せに……」

「うん。私は幸せだよ」

アル兄ちゃんの言葉を遮《さえぎ》り、私は答えた。

ルルを思い出す。

幼い頃、夢の中でルルと会った。夢の世界のルルは、寒々しい場所で独りきりだった。

母や父の愛を知らずに育ったルル。それなのに、とても優しい心を持っている。

――ルルのことを想うだけで、愛しさが溢れる。

好き。凄く好き。大好き。愛してる。

幼い頃よりも、強く育った想いが私の原動力となるのだ。

大人から見れば、まだまだ幼いであろう私だけど、ルルを想う気持ちは誰にも負けない。

ルルを幸せにする特権は、誰にも譲らない。

そんな想いを込めて、アル兄ちゃんを見る。

「アル兄ちゃん。私は、凄く凄く幸せなんだよ。私には愛する人がいて、そして支えてくれる家族がいるんだもの」

私は、心からの笑みを浮かべた。

「リリ……」

そう呟いたアル兄ちゃんは、一度俯《うつむ》いた後、再び私を見た。淡い微笑みを浮かべて。

「そうか、幸せ、なんだね。だったら、祝福しないと」

「アル兄ちゃん！」

アル兄ちゃんに、私の想いが伝わったのが嬉しくて、私は椅子の上で飛び跳ねた。

「ははは。そういうところは、相変わらず子供っぽいんだから」

「えへへへ」

私は照れ笑いを浮かべた。

こうして、巫女《みこ》就任の祝いの席は、しんみりとしていて、でも、穏やかな空気が流れる不思議な時間となったのだった。

皆に認められて、本当に良かったー！


精霊教会に行くまでの一ヶ月というのは、多忙を極めた。

巫女候補になるまでにも、私は、ジェイドさんの奥さんであり、昔から我が家で家庭教師をしてくれているディアナさんから礼儀作法を教わっていた。淑女《しゅくじょ》らしい言葉遣いも、舌が痺《しび》れるくらい延々と繰り返してきた。

まあ、言葉遣いに関してはよそ様に対して改善されたけれど、身内に対しては何ともはやだ。これぱっかりは仕方ないのだ。

そうして、巫女候補になれて、そして今回、巫女に決まったわけだけど。

ディアナさん曰《いわ》く、私はまだまだ駄目らしい。

巫女としての高みを目指すなら、もっと厳しくしますと言われてしまった。

そうしてこの一ヶ月、私は、ディアナさんから徹底的な指導を受けることとなった。

ルルの為に、完璧な淑女《しゅくじょ》になるのだ！

ルルの為なら、何だってできる！

「リリアンナ様。指先が下がっております」

「はい！」

今、私は基本的な淑女の動作を何度も繰り返し練習しているところだ。

「全身に、意識を行き渡らせてください。今の貴女は、王族にも匹敵する立場なのですから」

「分かりました！」

パンパンと手を叩くディアナさんに合わせて、私はゆったりとした動作で歩く。

私は巫女《みこ》。私は巫女。ルルのお嫁さん。

そう言い聞かせ、全身の筋肉を使っていく。

「その調子です。リリアンナ様」

ディアナさんが、優しい声音で言う。

どうやら及第点は取れているようだ。

昔の私だったら、嬉しくてへらへらと笑ってしまっただろうけど、今の私は違う。

引きつりそうになる頬を何とか耐え、淑女の微笑みを浮かべる。

そして、何度も練習した淑女の礼を披露した。

「ありがとうございます、ディアナ先生」

お勉強中は、私はディアナさんを先生と呼んでいる。

全身の神経を張り詰め、だけど表にはそれを出さない。どうですか、貴族の息女《そくじょ》、いや立派な巫女に見えますか！

ほんの少しの期待を込めてディアナさんを見れば、彼女は頷《うなず》いてくれた。

「素晴らしいです、リリアンナ様」

やった！　誉められた！

思わず万歳したくなるのを、私は堪《こら》える。駄目。今の私は完璧な淑女なんだから！

うー、うずうず。

「リリアンナ様。口元がひくついていますよ」

すかさずディアナさんから指摘が入る。私ったら、うっかりさん！

私は慌てずに、深く礼をする。

「申し訳ありません。ディアナ先生」

「はい。分かってくだされば、良いのです」

よ、良かった、許されたようだ。ふう～。

「では、本日はここまでにしましょう」

「はい。ありがとうございました」

本日の授業、終了～！

ディアナさんは満足そうに頷くと、ご帰宅なさった。本当に、毎日ありがとうございます！

ディアナさんの指導を受けた後、私は自室へ戻る。

今頃、私の部屋にはメイドさんが数名詰めている筈《はず》だ。

次は衣装決めなのですよ。

シュトワール家の長女が巫女《みこ》となったことは、瞬《また》く間にディーン王国中に知れ渡った。

街を行けば、おめでとうの嵐になるのだ。

精霊教会に赴《おもむ》く日にも、皆はこぞって私を見に来るだろう――多分。

馬車の中にいても、窓からのちら見せは必須なんだって。まあそれがなくても、やはりシュトワール家の威信がかかってくるのだ。

有名人って、たいへーん！

なので、メイドさんたちが衣装選びに燃えているのです。

そして、私はメイドさんに囲まれた。

「リリアンナ様、こちらのドレスはどうでしょう」

メイドさんの一人が、ピンク色の裾《すそ》がフリルたっぷりのドレスを薦めてくれた。

「まあ、淡い色合いがリリアンナ様の印象に合ってますわね！」

「確かに。でもこちらの青を基調としたものも、リリアンナ様の目の色に合いますわ！」

「リリアンナ様。こちらの赤色のドレスはいかがでしょう。今、流行の型だそうです」

「まあ、リリアンナ様の流れるような御髪には、こちらのものが似合いますわ」

「でも……」

「いえいえ……」

メイドさんたちは、口々に私を誉めたり、ドレスを薦めたりしてくる。

それにしても本当にたくさんあるなぁ。

今日、ドレスを持ってきたお店の人はにこにこと笑いながら、私たちを見ている。

彼は、昔から馴染みのお店の人だ。私が幼い頃から着ている服の全ては、彼のお店で作ってもらっているのだ。

巫女の衣装を手掛けるとあって、お店も本気を見せてきている。いや、普段も決して手を抜いているわけではないけれども。

『リリちゃんは、どれも似合いますわね』

テーブルの上で、クッキーを頬張っているメルがにこやかに私を見ている。

メルも女の子だから、ドレスが好きみたいだ。衣装選びになると、必ず姿を現す。

メイドさんも心得ているのか、あらかじめクッキーなどのお菓子をテーブルの上に用意しているくらいだ。

「ありがとう、メル」

私はお礼を言うと、衣装選びに戻る。

私も、ルルに可愛いって思われたいからね！

「リリアンナ様は、どう思いますか？」

「そーですねー。やはり馴染み深いこちらのドレスが」

と、私はピンク色のドレスを指した。

いやあ、昔からピンクばっかり着ていたからねー。落ち着くっていうか。

私にはピンクが似合うような気がするのだよ。

「そうですか。では、同じ色合いのものから他にも何点かお持ちしますね」

そう言うと、メイドさんは何着かピンク色のドレスを持ってくる。

衣装選びに、終わりは見えそうにない。私は、こっそりとため息を吐《つ》いた。


「はあ～！」

あずまやの下にあるテーブルに、私は突っ伏す。

ここは不思議空間。

結局衣装は決まらず、それではまた後日となったのだ。

侮《あなど》り難し、衣装選び。決まったのは色だけだったよ……

とまあ、疲れ切った私は、秘密の鍵を使い、あずまやまでやってきたのだ。ルルに癒《いや》されようと。

しかし、その目論見《もくろみ》は外れた。秘密の場所にルルはいなかったのだ。代わりにいたのは――

「お疲れのようですね、お嬢さん」

「ジェイドさん……」

ルルの異母兄であるジェイドさんが、そこでくつろいでいた。聞けば、先ほどまでルルがいたと言うではないか。

見事にすれ違ってしまったようだ。ルルは今頃はお仕事中である。がくり。

「うえーん、ルルー！」

「はは、泣かないでくださいよ。お嬢さん」

ジェイドさんはいつもの、お腹の黒さを感じさせる笑みを浮かべている。昔はこの笑顔に警戒したこともあったけど、ルル大好き仲間だと判明してからは、そんなことはなくなった。

「せっかく巫女《みこ》になれたんですから。ほら、笑顔笑顔」

「ううー……」

「何で、唸《うな》るんですか」

だって、ルルがいないんだもんー。ジェイドさんばっかり、ルルとお茶会してずるいですよー。

「ジェイドさん、ルルは何か言ってましたかー？」

テーブルの上でうだうだとしながら聞くと、ジェイドさんは、顎《あご》に手を掛けて少し考える素振りを見せた。

「そうですね……まず、天気の話を切り出されましたね」

「ほう、天気とな」

今日は快晴である。

「それから、食していたケーキの味がどうのと言ってましたかね」

ケーキ。

あ、私はルディ兄ちゃんからお菓子の作り方を習ってたりするんだよ。

ケーキも教わったよー。今、猛練習中なのだ。

「何だか、気もそぞろになり、そして……」

「そして？」

私はテーブルに顎《あご》を乗せて、ジェイドさんを見上げた。

ジェイドさんは、口元を隠し、笑いを堪《こら》えているようだ。何かおかしなことでもあったのだろうか。

「そして、お嬢さん。貴女のことをたいそう気にしてましたよ」

「本当ですか⁉」

ルルが、私のことを！

ジェイドさんは喉の奥で笑うと、目を細めた。

「二人とも、よく似てますねぇ。アルルウェル様もお嬢さんも、お互いに会えない時は、元気がない」

「それは、だって……」

好きな人とは、いつも一緒にいたいではないか。違うのかな。私は、そうだよ。

ジェイドさんは分かっているとばかりに、うんうんと頷《うなず》く。

「愛ですねぇ」

「ぐふっ！」

直球で言われてしまい、私は呻《うめ》いた。

な、何を言うのだね、ジェイドさん！

た、確かにルルのこと、あ、愛して、ますけども！　改めて言われると、恥ずかしいものがある。

私の羞恥心《しゅうちしん》を分かっているだろうに、ジェイドさんはにこやかなままだ。

「……からかってますね？」

恨むように言えば、ジェイドさんは頭を横に振る。

「いいえ。微笑ましいと思っていますよ」

「本当ですかー？」

「おや、お疑いのようで」

ジェイドさんは心外とばかりに、肩を竦《すく》めた。

「だって、ジェイドさんですしー」

私は口を尖《とが》らせた。ジェイドさんが、お腹が真っ黒なことぐらい知ってるんですからねー？

ジェイドさんは、まあ、そうですねと相づちを打った。

「俺の場合は、愛はどろっどろですからね」

「どろっどろ……」

そうだった。

ジェイドさんは、先代神子《みこ》に家族をめちゃくちゃにされたせいで、恋愛観が歪《ゆが》んでいるのだった。

そんな黒い愛情を向けられて、なおかつ子供までもうけて、今現在幸せな家庭を築き上げている
ディアナさんは本当に凄い！

母は強しである。

「あっ、そう言えばジェイドさんの家に女の子が生まれてから、そろそろ一年じゃないですか。おめでとうございます」

私は話題を変えることにした。

途端に、元から笑顔だったジェイドさんが、更に笑みを深くする。

「ええ。もうすぐ一歳になりますよ。早いものです」

「可愛い盛りじゃないですかー」

そうなのだ。

ジェイドさんは、二児の父親になったのだ。やったね！

「息子共々、甘やかし過ぎて、ディアナには叱られてますけどね」

と、苦笑を浮かべるジェイドさんだけど、とても幸せそうだ。機嫌も良さそう。

……今なら、聞けるかな。

私は、テーブルから身を起こした。そして、表情を引き締める。

私の変化に、ジェイドさんは訝《いぶか》しげな視線を向けた。まあ、そうだろう。さんざんごねていた私が、急に真剣な顔をしたのだし。

「ジェイドさん」

「何ですか、お嬢さん」

ジェイドさんも、私に真面目《まじめ》な顔で応える。

「ずっと、聞きたかったことが、あるんです」

「何でしょう?」

私は小さく息を吸った。

そして、ジェイドさんに向けて口を開いた。

「ルディ兄ちゃんが、黒色《こくしょく》に狙われたあの幼い日。どうして、私を保護しなかったんですか?」

ずっと、気になっていた。

「……それは、あの時も言ったように、保護し損ねたんですよ」

「嘘ですね」

保護できなかったなんて、そんな筈《はず》はない。

あの日、私がまだ喋《しゃべ》ることもできなかった幼い日。パパの神護《じんご》騎士団は、万難《ばんなん》を排して警護に当たっていた筈なのだ。優秀な騎士団のこと、小さかった私を保護するのはたやすかったに違いない。

幼い子供など、黒色を捕らえる作戦には邪魔でしかないのだし。

なのに、あの日。私は、ルディ兄ちゃんと共にいた。作戦終了後にジェイドさんは、保護できなかったと詫びてきたけれど。

……ジェイドさんの言葉を、私は信じられなかった。私はわざと保護されなかったのだと、幼な心に直感で思った。その思いは今も私の心に残っている。

「私は、あえて見逃されていたんですよね」

私は確信を持って、ジェイドさんに問い掛ける。

「ジェイドさん、貴方によって」

「……」

しばらくの間、ジェイドさんは無言だった。

だけど、笑っていない目で私を見ると、ため息を吐《つ》いた。

「今更の話でしょう？」

「でも、知りたいです」

私は身を乗り出した。

「参りましたね。今更、この話をすることになるだなんてね」

やっぱり、何か思惑があったんだ。私は確信を強める。

どうしても知りたかった。巫女《みこ》として、精霊教会に行く前に、心のしこりを取り除いておきたかったのだ。

「……仕方ないですね。お嬢さんがただの子供じゃないと知っていたのに、そのことを放置していた俺の失態です」

「話してくれるんですね」

ジェイドさんは、またため息を吐くと、頷《うなず》いた。

「話さなきゃ、お嬢さん納得しないでしょう？」

「ええ、勿論《もちろん》！」

私は語尾を強くして頷いた。

「そんな込み入った話でもないんですけどね」

「それでも、聞きたいです」

私は、膝の上で両手をギュッと握りしめた。

ジェイドさんは、不思議空間の上空を仰ぎ見る。

「……賭《か》け、だったんです」

「賭け？」

「ええ。賭けです」

そう言うと、ジェイドさんは私へと視線を移した。

「ルディ坊ちゃんが、アルルウェル様の敵になるか、ならないかの、ね」

ルディ兄ちゃんが、ルルの敵になる？

「そんなこと……」

「ええ、実際はならなかった。ルディ坊ちゃんはアル坊ちゃんと一緒に、今も神護《じんご》騎士団の団員としてアルルウェル様をお守りしている」

そうだ。パパの右腕になるのだと、アル兄ちゃんと日々切磋琢磨《せっさたくま》している。

「けれど、そうはならない未来もあったんですよ」

「え……？」

ジェイドさんは普段の彼らしからぬ、真剣な眼差しを向けてくる。

知らない内に、喉が鳴った。

「……あの時、黒色《こくしょく》に操られていたルディ坊ちゃんが、そのまま黒色の手を取る未来も有り得たんです」

「それは……」

確かに、あの時のルディ兄ちゃんは普通じゃなかった。

黒色に精神を操られ、追い詰められていたのだ。

「隊長に作戦を進言した時、俺はルディ坊ちゃんが敵になることを想定していました」

「そんな……」

ジェイドさんを見れば、微《かす》かに苦みを感じさせる顔で、口元を歪《ゆが》めていた。そのまま、口を開く。

「もしも、坊ちゃんが敵の手に落ちたら、俺は坊ちゃんを斬るつもりでいました」

「え……っ！」

私は、両目を見開いた。

「隊長に恨まれても良い。俺は隊長の悲しみよりも、アルルウェル様の安全を取ったんですよ」

「ジェイドさん……」

ジェイドさんにとって、ルルは至高の存在だ。暗く歪んだ世界に、初めて差した光なのだ。

ジェイドさんは、ルルを守る存在として、そして兄として、ルルの身の安全を選んだのだろう。

だけど……

「それと、私が見逃されたのはどう繋がるんですか？」

私の問い掛けに、ジェイドさんは苦笑を浮かべた。

「だから、賭《か》けだったんです」

ジェイドさん曰《いわ》く――あの日、ルディ兄ちゃんの動向を見張っていたジェイドさんは、一人で座り込む私を見つけたという。

すぐさま部下に私の救助を命令しようとして、ふと思い出したらしい。

私が、他の子供とは何処《どこ》か違っているということを。

ルルのように、年齢にそぐわぬ目をしていた私に、ジェイドさんは賭けてみようと思った。

未知数の存在である幼子が、ルディ兄ちゃんを引き留めることができれば、この先も、ルルの敵にはならない存在だと見なそうと思った、と。

ルディ兄ちゃん、紙一重だったんだ！　このことを知ったら、どんな顔をするだろうか――

きっと青ざめるな、うん。

「賭けには、勝ったんですね」

「はい。お嬢さんが、坊ちゃんを無事に引き留めてくれたので」

良かった！　私、あの時頑張っておいて本当に良かった！

そうかぁ。ジェイドさんは、私にルディ兄ちゃんの命を預けたんだ。

知らなかったとはいえ、私大変な役目を背負わされてたんだなぁ。

「人に内緒で、とんでもない役割を押し付けないでくださいよー。一歩間違えれば、私のせいでルディ兄ちゃんが危険な目に遭ったかもしれないじゃないですか」

「あはは、すみません」

ジェイドさんは爽《さわ》やかに笑うけど、本当にこの人は、重い。見た目と言動にそぐわずに、重い役目を負おうとするのだ。今の話も、パパに恨まれる覚悟をしていた、ってことだし。

まあ、今はディアナさんを始めとする家族の存在が、ジェイドさんを健全な状態に繋ぎ止めているみたいだけど。ディアナさん、頑張れ！

「まあ、長年の謎が解けてスッキリはしましたけどー」

「それは、良かった」

良かったのかなぁ。何か、重いものを背負うはめになった気がしないでもない。

「このことは、秘密にしておきますよ」

「さすがお嬢さん。助かります」

もうね、慣れですよ。目の前の人との付き合いには、諦めも肝心なんだよ。うう。

「さあて、俺もそろそろ仕事に戻りますかね」

そう言うと、ジェイドさんは立ち上がった。

そうだった。パパの神護《じんご》騎士団は相も変わらず忙しいのだった。

「お疲れ様です」

「はは。家族を養う為です、いくらでも頑張れますよ」

そう言うジェイドさんの笑顔は、晴れやかだ。うむ、幸せそうで何より。

「お嬢さんも、そろそろ戻った方が良いですよ。気分転換にはなったでしょう」

「そうですね。もう少しゆっくりしたら、戻りますよー」

なんたって、この場所の時間の流れは緩《ゆる》やかだ。もうちょっとぐらい、休んでも良いと思うの。

「では、お嬢さん。また」

「はい、さようなら」

ジェイドさんは、ひらひらと手を振って、秘密の場所を後にした。

私は、ふうと息を吐く。

「本当に、全て上手くいって良かった……」

ルディ兄ちゃんのこと然《しか》り、私の巫女《みこ》就任然り。

私は、肩から力を抜き、椅子にもたれた。

本当に、歯車が噛み合ってくれて良かったなぁと、心の底から思うのだった。


一ヶ月はあっと言う間に過ぎていった。

もう、精霊教会へと出立《しゅったつ》する日である。

精霊教会までは、パパたち神護騎士団が警護してくれる。

一応、私、巫女だからね！

礼儀作法も衣装決めも終わり、私は無事にこの晴れやかな日を迎えることができた。感慨深いものがある。

我が家の玄関先には、家族とたくさんの使用人さんが見送りに来てくれた。

「リリ、幸せにね」

シアンさんに、そっと抱きしめられる。

「うん」

私も抱きしめ返す。

「リリちゃん、風邪を引かないでね。元気に暮らすのよ」

私はママにも、思いっきり抱き付いた。ママの匂い、しっかり覚えておこうと思う。

シアンさんとママとは、今日でお別れなのだ。私が巫女《みこ》をやめる日が来なければ……だけど、ね。

この一ヶ月。礼儀作法と衣装決めの合間に、私は家族にまとわりついていた。全力で甘えまくったのだ。

「シアンさん、ママ。私頑張るね！」

拳《こぶし》を作る私に、二人は微笑んだ。

この別れは悲しみに彩《いろど》られてはいない。だって、私は幸せになりに行くんだもの。

「リリアンナ、立派になったな」

パパのお兄さんであるヴァルグランツ伯父さんも、私の出発に駆けつけてくれた。

残念ながら、王子妃となったウェルナお姉ちゃんは来られなかったけれど。でも、この一ヶ月の間、頻繁《ひんぱん》にお手紙のやり取りはしてたんだ。ウェルナお姉ちゃん、幸せそうだった。

私は伯父さんに、ドレスのスカートをつまみ礼をする。

「ヴァルグランツ伯父様、今日という日にお越しくださりありがとうございます」

「うむ。巫女として、神子《みこ》様を支え励むのだぞ」

「はい」

私の淑女《しゅくじょ》らしい様子に、ヴァルグランツ伯父さんは目を細めた。

「あのリリアンナが、巫女となるとは。私も年を取るものだな」

「伯父様は、まだまだお若いですわ」

「ああ。そのつもりでいるとも」

伯父さんは、私に微《かす》かな笑みを見せた。あの、鉄仮面を絵に描いたような伯父さんが、だ。

「リリアンナ、幸せにな」

「はい……はい、伯父様」

涙腺《るいせん》が緩《ゆる》むのを、何とか堪《こら》える。

あの伯父さんが私を認めたのだ。嬉しくない筈《はず》がない。

「リリアンナ、お前の友人が来ているぞ」

伯父さんの視線の先を辿れば、見慣れた三人の姿が。

逸《はや》る気持ちを抑え、私は再び伯父さんに礼を取る。

「伯父様、友人のもとへ参りますね」

「うむ。積もる話もあるだろう。行きなさい」

「ありがとうございます」

そう言うと、私は粛々《しゅくしゅく》と三人のもとへと向かう。伯父さんの前では走っちゃ駄目。我慢だ、私。

「リリちゃーん！」

ララちゃんが、手を振っている。

その両隣には、ロロくんとベルくんの姿が！

「ララちゃん、ロロくん、ベルくん！」

私は、少しだけ小走りになり三人に近付く。

「リリちゃん、凄く綺麗だよ！」

ララちゃんが頬を染めて、誉めてくれる。

菓子店の仕事は、お休みを取ってきてくれたみたい。

「ああ、本当だな」

ロロくんは真っ直《まっす》ぐな眼差しで、そう言った。て、照れるなぁ。二人にそう言われると、本当に嬉しいよー！

ロロくんも、精霊使いの仕事を抜けて来てくれたようだ。有難《ありがた》や。

「リリじゃないみたいだな！」

ベルくんは台無《だいな》しな台詞《せりふ》を口にする。何だよー。

でも実はベルくん、こんなんでも王宮に出入りが許されている魔術師なんだよねー。信じられないや。

「世は摩訶不思議《まかふしぎ》だよ」

「リリは、何言ってんだ」

ベルくんは呆れたように、首の後ろで腕を組んだ。

十七歳になっても、ベルくんはベルくんなのだ。

私は口を尖《とが》らせてみせた。

「何だよ、何だよー。ベルくんのくせにー！」

私の言葉に、ベルくんは何故か笑顔になる。何、マゾなの。そうなの、ベルくん！

私の心配をよそに、ベルくんの笑みは深くなるばかりだ。

「いやぁ、そんな姿してても、いつものリリだって分かって安心したぜ！」

「いやいや、どういう意味だい!?」

こんなにも気合を入れて、巫女《みこ》様らしく淑女《しゅくじょ》化したというのに。

それなのに、いつもの私だとう！　事と次第によっちゃ、ほっぺた抓《つね》るよ！

私が右手を不穏に動かしていると、ロロくんが咳払いをした。

「こほ。リリ、ベルはこれでも誉めているんだ」

「そうなの!?」

あんなにニヤニヤしてるのに!?

いくらロロくんの言うことでも信じられないと愕然《がくぜん》としていると、ララちゃんが両手で私の右手を握った。

「あのね。ベルくんじゃないけれど、私も今のリリちゃんが綺麗過ぎて、ちょっとだけ寂しかったの」

と、すこし儚《はかな》く笑うララちゃん。

私が綺麗過ぎだなんて、照れてしまうけれど。ララちゃんの言葉には、重みがあった。

「リリちゃん、本当に巫女《みこ》様になったんだね」

「う、うん。頑張ったんだよ」

「うん。リリちゃん、頑張り屋さんだもの。でも、やっぱり寂しいという思いは消せなくて……」

「ララちゃん……」

ララちゃんは小さく頭を横に振った。

「でも、話してみたら、リリちゃんはリリちゃんだったの」

今度は一転、ララちゃんは嬉しそうに笑った。両隣では、ロロくんとベルくんが頷《うなず》いている。

「リリちゃんのままで、今日という日を迎えたのが、凄く嬉しい」

ララちゃんの言葉が、声が、右手を通して私の体に染み込んでくる。

ツンと、鼻の奥が少しだけ痛くなる。

ララちゃんは微笑んで、真《ま》っ直《す》ぐ私を見た。

「リリちゃん。リリちゃんと私たちの絆《きずな》はとても太いんだよ」

「ああ。がっしりしているな」

「簡単には切れないよなー！」

ララちゃんに続くようにして紡《つむ》がれた言葉が、私の心を温めてくれる。

……私は、今日を待ち望んでいた。

ルルの側に行くのは、幼い頃からの願いだ。

だけど、それが家族や友達との別れを意味することは、この一ヶ月で理解してるつもりだった。

でも、いざ別れを前にすると、心にぽっかりと穴が空いた気がした。寂しい、少しだけ悲しい、と。

でも、ララちゃんたちは、私のそんな穴を埋めてしまった。私たちの育《はぐく》んできた友情で。

「うん、うん！」

私はララちゃんの手を握り、何度も頷いた。

「私たちの友情は不滅だよー！」

零れそうになる涙は、何とか引っ込める。

皆との別れを、私は涙で彩《いろど》りたくなかった。

「リリ。精霊教会では、淑《しと》やかにな」

ロロくんが眼鏡を直しながら、至って真剣に言う。

「そうだぞー。中庭とかで、昼寝したりすんなよー」

ベルくんは、やはりニヤニヤしたまま言う。

何だよ、二人とも！　酷《ひど》い！

私は憤慨しつつも、大人しく、ララちゃんに抱きしめられていた。ララちゃん、柔らかい。

「リリちゃん、ずっと友達だから！」

「うん、ララちゃん！」

私たちが熱い抱擁《ほうよう》をしていたら、私の肩の辺りでポンッという小気味良い音がした。

『まあまあ、皆様ごきげんよう』

のんびりとした声は、メルのものだ。

ちょっとちょっと、メル！　感動の場面が台無《だいな》しだよー！

朝から見掛けなかったから、気を利かせて姿を消してたんだとばかり思ってたよ。

メルは私の肩にちょこんと座った状態で、ピコピコと足をぶらつかせる。

『ララちゃん、ロロくん、ベルくん。安心してくださいまし。わたくしが、皆様とリリちゃんを繋ぎますわ』

「どういうこと？」

自信満々のメルに、私は首を傾げる。

『つまり、何か近況報告がございましたら、わたくしがお知らせいたしますということですわ！お手紙などもお任せあれです』

つまり、伝書鳩《でんしょばと》ならぬ伝書メルになるわけか！

「メル、それは便利だよ！」

『そうでしょうとも！』

メルは胸を張っている。

『ならば、その役目。ぼくも、引き受けるニャ！』

と、ロロくんの肩でポンッとニルが姿を現した。

「ニル」

ロロくんが相棒の名前を呼ぶ。

『ロロくん！　ロロくんがお手紙があったら、ぼくを頼ってほしいニャ！』

ニルは、ロロくんの肩の上でビシッと右手を上げてポーズを決めた。

「あ、ニル。俺も頼むわ」

『任せるニャ！　精霊教会は、精霊入りたい放題ニャ！』

精霊教会って、そうなの!?

あ、でも名前に精霊ってつくし、そういうとこなのか。

『勘違いしちゃ駄目ですわ。善《ぜん》なる心持ちの精霊が入れるだけなのです、リリちゃん』

メルがニルの言葉に訂正を入れる。

『精霊使いにより、悪《あ》しき命令を受けたりした精霊は、結界により弾かれますの』

「そうなんだ」

精霊使いになるには、色んな勉強が必要で、精霊に好かれる素質も重要になってくる。

悪しき心を持つな。

学校でも、何度も言われたなぁ。懐かしい。

精霊は善だから、私たち精霊使いは良く考えなくちゃいけない。

精霊使いであり巫女《みこ》となった私も、それは当てはまるだろう。私は改めて身を引き締めた。

「メルちゃん、お手紙よろしくね」

私から離れたララちゃんが、メルに笑みを向ける。

『はい。お任せください！』

「待ってろよ、リリ。次に手紙送る時は、俺、宮廷魔術師になってるからな！」

ベルくんが、不敵な笑みを見せて言う。

私は、笑いながら頷《うなず》いた。

「僕は、精霊教会の精霊使いだから、きっと会うこともある。だから、さよならは言わない」

『ぼくもニャ！』

淡々としたロロくんの言葉だけど、長い付き合いの私には分かる。その声に、労《いたわ》りが含まれていることが。

ニルは、まんまだけど。

ああ、ここにジルがいれば、完璧なんだけどな。

光の精霊さん改めジルは、ルルの精霊として忙しく動き回っているみたい。

今日は姿を見せられないだろうな。ちょっと寂しいけど、これからいくらでも会えるしね。

「リリちゃん。絶対お手紙書くから！」

ララちゃんが、口をキュッとさせて言う。泣くのを堪《こら》えているのだ。

「うん！　私も書くよ！」

再び私たちは抱き合った。

そこに声が掛かる。

「リリアンナ様。お言いつけのもの、お持ちしました」

家令《かれい》のアルベルトさんだ。未だ現役であるが、そろそろ後継に任せたいらしい。そんなアルベルトさんとも、今日で最後になる予定だ。私は湧き上がる寂しさを呑み込み、アルベルトさんに微笑んだ。

「ありがとうございます」

「いえ」

アルベルトさんは、私にあるものを手渡した。それは——

「リリちゃん、ぬいぐるみ？」

ララちゃんが不思議そうに言った。

そう、ぬいぐるみである。

私の相棒とも言えるうさしゃん、それにねこさんにくまさんである。

彼らも、幼い頃からの付き合いなのだ。あ、洗濯済みだよ！

私は三人の友人に向き直った。皆、私の抱えるぬいぐるみをまじまじと見ている。

「これは、ララちゃんに」

私はうさしゃんをララちゃんに渡した。

うさしゃん。赤ちゃんの頃からずっとお気に入りのぬいぐるみ。叩いても引き伸ばしても、私と共にあってくれた相棒。

「こっちは、ロロくんに」

私はねこさんをロロくんに渡す。

ねこさん。パパが神華祭《じんかさい》のダーツで取ってくれたのが出会いだった。

「で、最後にこれがベルくんにね」

ベルくんに渡したのはくまさんだ。

実は、うさしゃんと並ぶ古参《こさん》のぬいぐるみである。赤ちゃんの頃はよく埋もれていたものだ。

「私だと思って、可愛がってね」

「わあっ、リリちゃんありがとう！」

うさしゃんの存在を知っていたララちゃんは喜んでくれた。

「男に……」

「ぬいぐるみ……」

しかし、男の子たちには不評だった。

何だよー、可愛いでしょう、ぬいぐるみー！

「私だと思って、可愛がってね！」

私はもう一度言った。

そうしたら、二人は渋々だけど、受け入れてくれたようだ。

「リリアンナ様。そろそろお時間です」

アルベルトさんがそっと声を掛ける。

「……分かりました。すぐ行きます」

「では、旦那様にそうお伝えしますね」

「お願いします」

そう言うと、アルベルトさんは迎えの馬車の方へと歩いて行った。

「リリちゃん」

ララちゃんが、穏やかな顔をして私を呼ぶ。

もう、最後だ。

色んな記憶が、私の頭の中に溢れる。

初めての友達になったララちゃん。本当に長い付き合いだ。数え切れないほど、ララちゃんの存在に救われてきた。

私が傷付いた時、救ってくれたかけがえのない友達。

「リリ」

ロロくん。

幼等学校で、強引に友達になってもらった男の子。危ない場面で、何度も命を助けられた。大事な友達だ。

「リーリ」

ベルくん。

ベルくんと最初に友達になったのは、ロロくんだったけれど。私とララちゃんも、すぐに友達になったのだ。

いつも場を和《なご》ませてくれた。

キャラが被ってるーなんて、ふてくされてみたりしたけど、それは親愛の証《あかし》で。ベルくんも、大切な友達だ。

「皆……」

三人が、私を見る。穏やかで、そして切ない顔で。でも、笑顔だ。

「幸せに」

揃えて言われた言葉に、私はまた涙を堪《こら》えるのに必死になったけれど。

「うん！」

だけど、最後は最高の笑顔を作れたと思う。


「別れは、無事済んだようだな」

「パパ」

馬車に向かうと、パパがいた。

今日の私を護衛してくれるのは、パパたち神護《じんご》騎士団なのだから当然なのだけど。

「うん。皆、祝福してくれた」

「そうか」

パパは静かに頷《うなず》いた。

兄ちゃんたち曰《いわ》く、パパもパパなりに葛藤《かっとう》とかあったらしいけれど、私にその姿を見せることはなかった。

今のパパからは娘への愛情しか感じないから、余計にだ。

「リリアンナ、お前は俺たちが必ず無事に精霊教会まで連れて行く」

「うん、パパ。信じてる」

言い切れば、そうかという返事がある。

家族との別れの時間は、一ヶ月という期間で済ませた。もう語る言葉はない。

「団長、今日の布陣ですが……」

「分かった。すぐに行く」

騎士団の団員が、パパを呼びにきた。パパ、忙しいんだよね。

「リリアンナ、俺はもう行くが、我が騎士団を信じなさい」

「はい。パパ」

私はじっと、パパを見送った。

ちょっとだけしんみりしていると、肩を叩かれた。私の肩にメルはもういない。上空から私の乗る馬車を守るとかで、姿を消したのだ。

振り向けば、騎士団の団服に身を包んだルディ兄ちゃんとアル兄ちゃんがいた。

私の肩を叩いたのはルディ兄ちゃんだ。

「リリ、泣くなよ。せっかくの化粧が駄目になるからな」

「泣かないよー」

子供に言い聞かせるような物言いに、私は憮然《ぶぜん》とした顔になる。

「リリ。そんな顔をしたら駄目だよ」

アル兄ちゃんに注意されてしまった。

ルディ兄ちゃんは、私が巫女《みこ》として教会に上がるのを祝福してくれている。好きな人と一緒になるのは素晴らしいことだと。

アル兄ちゃんはパパ以上の葛藤《かっとう》があったようだけど、今日という日には何とか落ち着いてくれた。

良かった、良かった。

それも、一ケ月前に見せた私の覚悟があってこそだ、うむ。

「もうすぐ、出立《しゅったつ》の時間だな」

「リリ、そろそろ馬車に……」

兄ちゃんたちに促《うなが》され、私は馬車の入り口に向かおうとしたけど、足を止めた。

そうだよ、私には言うべきことがある。

「ルディ兄ちゃん」

「ん、おう。何だよ？」

私の真剣な声に、ルディ兄ちゃんはたじろいだようだ。

「ルディ兄ちゃん、シアンさんのことだけど。けじめはちゃんと付けるんだよ」

「リ、リリ……」

途端に、ルディ兄ちゃんの顔が真っ赤になる。

ふふーん、私知ってるんだから。

ルディ兄ちゃんが、懐《ふところ》に指輪をしのばせていることぐらい。買ったは良いけど、渡せてないことも知ってるよー！

「良い？　ルディ兄ちゃん。女をあまり待たせちゃ駄目だよ」

「……わ、分かってるっつーの！」

ルディ兄ちゃんは動揺しまくりだ。

視線をあっちこっちに彷徨《さまよ》わせている。

「シアンさんを、待たせちゃ駄目だよー？」

今度は名前を入れて、はっきり念を押したところで、時間を知らせる鐘が鳴った。残念、時間切れ、か。

「リリ。ヘタレたルディは僕が何とかするから、馬車に乗って」

「分かったよ、アル兄ちゃん」

「お前らな……」

ルディ兄ちゃんの恨めしげな様子を尻目に、私はアル兄ちゃんに手を取られ、馬車へと乗り込む。

馬車は精霊教会が用意したものだけあって、内装も意匠《いしょう》が凝《こ》っていた。

「リリ、幸せにね」

馬車の扉が閉まる直前にアル兄ちゃんが見せたのは、妹の幸せを願う兄の顔だった。

馬車の椅子に座り、私は呟く。

「うん。幸せになるよ」

胸の前で両手を握り、祈るように私は今までを思い出す。

前世の記憶を持っていたけれど、そのお陰でお母さんやお父さんと再会できた。

現世の家族も、素晴らしい人たちで、たくさん愛してもらえた。

友達にも恵まれ、私の今までは本当に幸せで……ううん、違う。

「皆がいるから、これからも、幸せなんだよ」

私の進む道は、幸せに満ちているのだ。


精霊教会までの道のりは、歓声に満ちていた。

馬車の窓にはカーテンが下がっているので、外の様子は隙間から見るしかなかったけど、それでも凄い人の数なのは分かった。私はパフォーマンスの一環として、カーテンの隙間からちらりと姿を見せる。すると、ひときわ歓声が高くなった。

まるで王都中の人間が私を見に来ているようだ。

神華祭《じんかさい》以上の人出だよね、これ。

ここは、街の中央通りだ。道に面した建物には、精霊教会の紋章が刻まれた布が垂れ下がっている。赤いレニエの花も舞い散っている。

まるでお祭りみたいだ。

いや、実際ディーン王国の国民にしてみたら、お祭りなんだろうな。

何せ、巫女《みこ》の選出はそうそうあることではない。そもそも、女性の神子《みこ》の時には巫女自体が存在しないし。

だから場合によっては、一生に一度見られるかどうかのものなのだ。

そんなわけでこれだけの騒ぎになるのも分かるけど、当事者としては、何だか気恥ずかしい。

「おかあさーん、巫女さま、見えないよー？」

「こら、危ないでしょ。巫女様は、きっとお綺麗な方よ」

「本当！」

「ええ、ええ。心の清らかな方よ」

とかいう会話が聞こえてきて、私は羞恥心《しゅうちしん》に悶《もだ》えている。

これ、兄ちゃんたちが聞いたら爆笑するよね、きっと！

うう、恥ずかしいよー。

ドレスの裾《すそ》をキュッと握ったりして、気を紛らわせる。

大丈夫、大丈夫。

あの大勢の人たちは、私を見に来た人ばかりじゃない。

パパの騎士団を見に来た人もきっといる筈《はず》だ。

「うんうん、きっとそう！」

独りきりの馬車の中、私は呟いた。すると、多少は気分が落ち着いてきた。

そうしたら今度は、別のことが気になり出した。

今日の私は可愛いかな、とか。髪の毛を結い上げているけど、ルルは気に入ってくれるかな、とか。

今度は恋する乙女的思考で、そわそわしてしまう。

今日という日の為に、ドレスを厳選した。

お化粧だって、してもらった――薄化粧だけど。

ルル、可愛いって言ってくれるかなぁ。

精霊教会までの道中、私はそんなことを悶々《もんもん》と考えていた。


精霊教会に着くと、私はすぐさま広間へと通された。

ここは、巫女《みこ》選定の儀を執《と》り行った場所でもある。

ここで、精霊教会の偉い人たちに見守られながら、巫女として、上段に立つ神子《みこ》のもとへと歩いて行くのだ。

結婚式の代わりみたいな儀式、とでも言おうか。

私は、広間の入り口から、ゆっくりと上段で待つルルのもとへと歩く。

ルルは、いつも着ている神子装束のままだ。ルルにとってはあれが正装なんだろうな。

私はルルの前、一段低い場所で立ち止まり、淑女《しゅくじょ》の礼を取る。

このままの状態で、ルルから声を掛けられるのを待つのだ。

一連の流れをあらかじめ教えられていたので、私は落ち着いていられた。

「リリアンナ・ユミリ・シュトワールよ」

「はい」

私は礼を解き、顔を上げた。

ステンドグラスを背に立つルルは、穏やかに笑っている。

「そなたは、今この時からただのリリアンナとなり、余の巫女とする」

「有難《ありがた》き幸せです」

そう言い、私はルルの待つ上段へと上がる。

そして、ルルの隣に立つ。

「待ちわびたぞ」

と、ルルがこっそりと囁《ささや》く。それだけで、胸がいっぱいになる。

「リリアンナは、これより巫女となる。皆の者、尽くせよ」

「は！」

広間にいる人たちが一斉に頭を下げる様子は、圧巻だった。


それからしばらくして、私は秘密の場所にいた。

儀式の後、巫女の部屋に案内されたのだけど、今日はもうやることはないそうだ。

なので、秘密の鍵を使いここに来たわけで。

それでもって、すぐさま姿を現したルルと抱き合っていたりする。

「リリアンナ。普段のそなたも美しいが、今のそなたは格別だ」

「ルル、恥ずかしいよ」

いや、今日の私本当に気合入っているから、誉められると嬉しいんだけどね！

嬉しいんだけど、やっぱり恥ずかしさもあるのだ。女心は難しい。

「何を言うか。儀式の間でそなたを見た時、余は一瞬呼吸を忘れたぞ」

「て、照れるなぁ」

ルルは、本当に私を喜ばせる達人だと思う。

「リリアンナ」

ルルが、私の頬に右手を当てて、顔を覗き込んでくる。

「本当に、巫女《みこ》になってくれたのだな」

ルルの声は、喜びから震えていた。

「ルル……。うん、私、巫女になったんだよ」

私は、ルルの右手に左手を添えた。

「そなたは、余の側にずっといてくれるのだな」

「うん、ずっと一緒だよ」

「ああ……そうだな」

ルルは、嬉しそうに笑う。

私は、そんなルルに笑い掛けた。

「ルル、私たち……」

私の言葉の続きは、ルルが口にする。

「ああ、幸せになろう」

そして、ルルの顔が私へと近づいてきて。私は、そっと目を閉じた。

たくさんの面影《おもかげ》がまぶたの裏に浮かび、最後にルルの姿が映った。

私たち、幸せになるからね。

私の未来は、輝いている。

番外編
巫女《みこ》としての日々

私が巫女《みこ》になって精霊教会に来て、一年近くになる。

巫女の朝は早い。

まず、朝一番に禊《みそ》ぎをしなくてはならない。

これは、神子《みこ》であるルルもやっている大切な儀式だ。

禊ぎは、精霊教会の中にある禊ぎの間に湧き出る泉にて行われる。

この泉は、不思議なことに冷たくないのだ。だからといって温泉のように温かいというわけでもなく、ちょっと変わった温度だと思う。

冷たくないから、寒い時期でも大変助かる。

この不可思議な泉は、初代神子が生み出したとされている。そこに湧き出る水は神水《しんすい》とも呼ばれる、とても神聖なものなのだ。

それに毎朝浸《つ》かっているのだから、自然と身も引き締まるというもの……なんだけど。

「……様。……こ様」

「むにゃむにゃ」

あれ、体を揺さぶられている気がする。

私は、神聖なる泉で身を清めていた筈《はず》なのに。

うん？　何だか、体も横になっているような……あれ？

「巫女様、起きてください」

「ん……、マリー？」

私の体を揺らすのは、マリーだ。

精霊教会で、私のお世話をしてくれている同い年の女の子。

しっかり者のマリーが、ちょっと怖い顔をしている。

窓から入る朝日で、彼女の顔がよく見えた。

……て、朝日!?

というか、私。ベッドの中にいるよね!?

「マ、マリー。今、時間は……っ」

「まだ、鐘は鳴っておりません。今起きてくだされば、何とか禊ぎに間に合います」

冷静なマリーの言葉に、私は胸を撫で下ろす。

「よ、良かった……！」

私が安堵の息を吐いている間に、マリーはきびきびと朝の支度を始めた。

まずは禊ぎ用に着る薄いワンピースを用意し、次に禊ぎの後に着る巫女の装束をクローゼットから取り出す。

巫女《みこ》の服は、ルルが着ているものによく似ている。

初日に、ルルとお揃いだとはしゃいだのは良い思い出だ。

そしてマリーは、お湯の入ったボウルを持って来た。

「さ、巫女様。顔を洗いましたら、お着替えください」

「うん、分かった！」

時間にはまだ間に合うとはいえ、寝坊してしまったのだ。急がねば！

私は、お湯で顔を洗うと用意されていたタオルで顔を拭く。ぷはあ、すっきりした！

そして、急いでワンピースに着替える。

幼い頃から自分で着替えてた私には本当は必要はないんだけど、マリーに着替えを手伝ってもらう。

私の着替えも、マリーの仕事の内だからだ。

まあ、ワンピースの時は必要ないけど、巫女の装束はマリーの手がないと着られないので、助かっている。

同性とはいえ、女の子に下着姿を見られるのは恥ずかしいけれども、これぱっかりは仕方ないよね。

「さ、巫女様。禊《みそ》ぎの間にお急ぎください」

「はい！」

ワンピースは薄いので、体の線が見えてしまう。だから恥ずかしいけれど、巫女の部屋周辺は男子禁制なので問題ない。いや、唯一の例外はある。ルルだ。

神子《みこ》であるルルだけは、出入りが自由なのである。なので……

「む、リリアンナか……」

とまあ、今日みたいに私が寝坊してタイミングが合ってしまうと、神子用の禊ぎの間から出てきたルルとかち合ってしまうことがある。

うう、寝坊した私の馬鹿！

薄着の私に気付いたらしく、ルルは頬を赤らめて視線を逸らした。

「す、すまない」

「う、ううん。今日は、私が寝坊しただけだから……っ」

お互いに気まずい思いをしつつ、会話をする。

禊ぎを終えたばかりのルルは、しっとりと髪が濡れていて……その、何だか色気がある。め、目のやり場が！

「……巫女様。そろそろ時間が」

綺麗に畳まれた私の巫女装束を持ったマリーが、こっそりと耳打ちしてくる。

そうだった！　私の禊ぎがまだだった！

「ル、ルル。私これから禊ぎだから！」

「そ、そうか。では、余も行くとしよう」

私たちはぎこちなく別れた。

うう、朝からルルに会えるなんてラッキーな筈《はず》だったのにぃ！　何て、間の悪い私！

私はちょっぴり沈んだ気持ちで、禊《みそ》ぎの間に入るのだった。


禊ぎが終わり、マリーに巫女《みこ》装束に着替えさせてもらってから朝食を取る。

巫女の食事は、菜食中心だ。体をできるだけ自然に近付けさせる狙いがあるとか。健康的な食事はとても美味《おい》しい。

私の食事は、巫女の間と呼ばれる部屋の隣で行われる。

食事が終わったら、すぐに巫女のお仕事が待っているからだ。

因《ちな》みに、ルルは神子《みこ》の間と呼ばれる執務室で食事することが多い。

つまり、私とは完全に別々である。うう。

私の食事の給仕もマリーがやってくれる。

一度、マリーに一緒に食事をしないかと持ち掛けたけど、わたくしには仕事がありますからと一蹴されてしまった。

マリーは真面目《まじめ》なのだ。でも、一人の食事は味気ないんだよーう！

いつかはマリーと食事を共にしたい。その野望実現の為、今は様子見だ。急《せ》いてはことを仕損じるからね！

食事が終わり、少しの間、まったりと過ごす。

マリーが用意してくれた紅茶を飲みながら、書類に目を通した。

この書類は精霊教会が用意してくれるもので、街で起きた出来事が書かれている。新聞みたいなものだ。

巫女は精霊教会から滅多には出られない……とされている。

その為、世事に疎《うと》くなりやすい。それを防ぐ為に、精霊教会がわざわざ新聞もどきを持ってきてくれるのだ。

まあ、きっと自分たちに不利になるようなことは書いていないんだろうけども。

それでも、ないよりはマシなのだ。

ふむふむ。

おお！　ウェルナお姉ちゃんが三人目を産んだって！　これは、お祝いの品を贈らねば！　勿論《もちろん》、非公式だけど。巫女は、権力に近付いちゃ駄目なのだ。

それにしても、ウェルナお姉ちゃんと結婚したガルド元王子。第三王子で世継ぎではない為、当初の予定通り爵位と領地を得て臣下に降下したのだけど、なかなかの手腕の持ち主だったらしい。領地をよく治め、ウェルナお姉ちゃんと子供たちを大切にしていると聞く。うん。お姉ちゃん、幸せそうで良かった。

ある程度書類を読むと、私は紅茶を飲み干した。

「巫女様」

タイミングを見計らったように、マリーが声を掛けてくる。

「そろそろ、巫女の間へとお移りください」

「はい」

さて、お仕事だ。

私は隣にある巫女《みこ》の間に向かった。


「いつ見ても、不思議だなぁ」

ぐるりと巫女の間を見渡し、私は息を吐く。

前方の壁の真ん中に、大きな窓。それを中心にして、たくさんの鏡が飾られている。

でも、その鏡に私の姿は映らない。ただ、部屋の景色が映っているだけだ。

人の姿を映さない鏡、「精霊鏡」。

そう、この鏡は精霊の姿しか映さないらしい。何でなのかは分からないけれど。

そして、精霊鏡が何故巫女の間に置いてあるのかも知らない。誰も説明してくれなかったし、聞いても答えてくれる人はいなかった。歴史ある精霊教会だから、もう知る人がいないのかもしれない。

「さて、と。始めようかな」

私は、巫女の間の中央にある円形の水鏡を見る。

精霊教会の紋章が施《ほどこ》された器の中で煌《きら》めく水は、禊《みそ》ぎに使われる神水《しんすい》と同じく神聖視されている、聖水だ。

初代神子《みこ》が、枯れ果てた土地だった建国時のディーン王国に、水を湧かせたという。その最初の水が聖水となったらしい。長い時間が経っているのに、濁《にご》ることも腐ることもなく、綺麗な水のまま だ。

私は、水鏡に抱えるようにして座る。

最初の頃は緊張もしてたけど、今では慣れてしまった。

水鏡を覗き込むと、私の顔が水面に映る。相変わらず、ママに激似の美人さんだな、うむ。

「……今日も、世界が平和でありますよーに」

私は呟く。

巫女の間で、この水鏡に世界の平和とか安寧《あんねい》的なものを願うのが、私の――巫女の、役割だ。

この水鏡は、世界に繋がっていると信じられている。

だから私が祈ることで、世界と精霊との結びつきが強くなるのだとか。

なかなかに、重要な役割である。

精霊に関しては神子であるルルの領分なのだけど、巫女の祈りも多少は助けになるらしい。ルルの負担を少しでも減らせるのなら、この部屋でじっとするのもへっちゃらなのだ。

でも、世界平和といっても、ディーン王国の限られた場所しか知らない私には、いまいちピンとこない。

世界といっても、広いからなぁ。

だから私は、水鏡を見つめ、家族のことを想うことから始めるのだ。

無表情だけど優しいパパ。見た目に反して頼りになるママ。いつも仲良しの兄ちゃんたち。笑顔が絶えなくなったシアンさん。

皆のことを考えると、自然と祈りにも力が入ってくる。

それから、友達のことを想う。

サファリスさんのクロウ菓子店で修業を頑張る、頑張り屋のララちゃん。

精霊の研究に没頭すると、寝食を忘れてしまうロロくん。ロロくん、学生時代はしっかり者だったのに、研究者となると心配せずにいられない人になるとは。びっくりだよ。

そして、魔法を窮《きわ》めようと頑張っているベルくん。十年に一人の逸材だとか言われているらしい。

意外な才能を持っていたんだなぁ。

私の祈りは深くなる。

そして、そして。

私の側にいてくれる、メルたち。

まあ、メルは私の巫女《みこ》業が退屈だとかで、今はなかなか側にいてくれないけどね！ ちょっと酷《ひど》いよね！

今頃は、シュトワール家でクッキーでも食べてるんじゃないかなぁ。

それとも、空を自由気ままに飛んでるかもしれない。結構、気まぐれなところあるから。

ニルは、ロロくんにべったりだ。ロロくん大好きと、全身で訴えている。

物静かなロロくんに、やんちゃなところのあるニル。お似合いである。

皆のことを考えていると、自然と口元が笑ってしまう。

うん。今日も良い調子だ。

「……」

祈りに集中してくると、巫女の間に変化が起こる。

水鏡が淡く光り出すのだ。

それは、祈りが上手くいった合図であり、そして——

『巫女、おはよう』

『今日も、綺麗な祈りだねー』

『気持ち良いのー』

わいわいと賑《にぎ》やかな声が聞こえてくる。

私は、祈りを止めて、宙へと視線を移す。

そこには、ぬいぐるみみたいな姿の精霊たちが浮いている。彼らが精霊なのは間違いない。だって、精霊鏡に姿が映っているのだから。

「今日も皆、元気だねー」

私の問い掛けに、精霊たちが大きく頷《うなず》く。

『神子《みこ》たちのお陰で、ぼくらはいつも元気だよー』

『私たち、世界を廻るのー』

『世界と繋げてくれて、いつもありがとう』

巫女の祈りは効果がちゃんとあるらしく、祈りが通じるとこうして巫女の間に精霊たちが集まっ

てくるのだ。

……ま、まあ、祈りに雑念が混じったり、集中できなかったりすると、誰も来ないんだけどね。

その点、今日は成功したと見ても良いのかな。良かった、良かった。

『巫女《みこ》、巫女！　私、精霊使いとシルディ・ナーラしたの〜』

「そうなんだ、それは素晴らしいね」

『巫女、ぼく初めて赤ちゃんとウェル・ナーラしたー』

「可愛らしい赤ちゃんなんだろうね〜」

『うん！　凄く！』

精霊たちに話し掛けられ、私は相づちを打つ。

ウェル・ナーラ、懐かしいなぁ。

それは言葉を話し出す前の、無垢《むく》な赤ちゃんだけに許された、精霊との契約。

私は昔を思い出し、何だかしんみりとした。そんな気持ちが伝わったのか、後ろから声がした。

『リリちゃん、今はワタシもいますから寂しくはありませんよ』

「ジル！」

振り向いた先には、ピエロのような格好をした精霊――ジルがいた。

精霊教会に来て良かったと思えることの一つは、こうしてジルと頻繁《ひんぱん》に会えるようになったことだ。

上位精霊の登場に、他の精霊たちが口を閉ざす。

「ジル、お仕事は良いの？」

『はい。今朝方終わりました』

ジルは、神子《みこ》であるルルの精霊だ。まあ、厳密に言うと世界に散らばる精霊全ては、ルルの精霊だと言えるけど。何と言うか、ルルの直属の部下的なのがジルなのだ。

今はピエロの姿をしているけれど、本来のジルは仮面を着けた長身の光の精霊だ。凄くカッコ良いんだよー！

そんなジルは、ルルの命令であっちこっちに飛び回っている。

こうして姿を見るのは、数日振りだ。

「ジル、大変だね」

『いえいえ、神子の為ですからね。頑張れますよ』

そう言って、ぴょんと一回転するジル。

ジル、ルルのこと大好きだもんねー。

『それにしても、リリちゃん。祈りが上達しましたねー』

私の肩に乗り、ジルがにこやかに言う。

「そ、そうかなー？」

ジルに誉められて、私は頭を掻く。小さい頃を知られてるジルにしみじみとそう言われると、凄く照れるよー。

『ええ、そうですとも。巫女《みこ》となった者は、神子との繋がりも強くなる。巫女の祈りは、神子に通ずるんです』

　足をぶらつかせながら、ジルは話す。にこやかだけど、真面目《まじめ》な話をしているのだと、ジルの声音で分かった。

　ジルは、じっと私を見る。

『今のリリちゃんは、神子と良好な関係を築けていますね』

「えっ、う、うん！」

　穏やかな眼差しで言われた内容に、私は内心焦る。

　良好っていうか、ルルと二人きりになるといちゃこらしかしてないような。

　あ、確かに良好だ。仲良しだもんね！

　二人きりの時のルルの甘やかな目を思い出し、私は自然と頬が熱くなるのを感じた。

『神子は、リリちゃんのことを本当に大切にしています』

「う、うん」

　改めて第三者から言われると、言葉に詰まってしまうよ。

『神子、巫女のこと、大好きー』

『違うよー』

『愛、です！』

　今まで黙っていた他の精霊たちが、騒ぎ出すから、余計に恥ずかしくなってしまう。うう、愛って……！

「は、恥ずかしい……」

巫女《みこ》装束のひらひらの裾《すそ》で、顔を隠す。

ジルが、おかしそうに笑っているのが恨めしい。

『リリちゃん、恥ずかしがることはないのですよ。愛は、とても尊いものなのです。神子《みこ》の愛を得ているリリちゃんの祈りは、だからこそワタシたちに心地良さをくれるのです』

「……う、うん」

顔を出し、私はジルの言葉に頷《うなず》いた。

そうか。神子と巫女はとても存在が近いのか。

だから、私の拙《つたな》い祈りでも、こんなにたくさんの精霊を呼ぶことができるんだ。

ルルから、あ、愛を向けられているから。

うひー、やっぱり恥ずかしい！

『さあ、リリちゃん。大好きな方たちのことをもっと考えてください。それがワタシたちの糧《かて》になるのです』

ジルは両手を広げて、宙に浮かぶ。

その姿に、光の精霊が重なって見えて、私は目を細めた。

「わ、分かったよ」

私は再び、水鏡に向かって祈りを捧げる。

今度はヴァルグランツ伯父さんや、生まれたばかりのウェルナお姉ちゃんの子供の幸せを祈ろうか。

『ふふ、とても素敵な祈りを捧げているみたいですね』

『巫女、私たち気持ち良いよ』

『ありがとう！』

ジルたち精霊の声を聞いて、私は心の中でどういたしましてと呟いた。

この祈りも、私が巫女となる前はルルの仕事だった。

ルルもこうやって、身近な人たちの幸せを願っていたのかな。

そこには、きっと私も入っていた筈《はず》。う、自惚《うぬぼ》れじゃないよね？

私の脳裏に、幼い頃の独りきりでいたルルの姿が思い浮かぶ。

今のルルには、私がいる。ジェイドさんだっている。そして、賑《にぎ》やかな精霊たちも。

もう寂しくないのかもしれない。

でも、私はルルの幸せを強く願うのだった。


「巫女様、お疲れ様でございます」

祈りの終わりを告げる鐘が鳴り、巫女の間から出るとマリーが待っていた。

「この後は、いかがなされますか？」

聞かれて、私は考える。

実質、私の巫女としての仕事はこれで終わりだ。

執務のあるルルとは違い、私の仕事は少ない。午前中で終わってしまうくらいだ。

と言っても、いつかはルルの役に立ちたいと、ルルの仕事について午後から勉強に励む時もある。

だけど、今日はその勉強はない日だ。

ということで午後は丸々空いてしまっている。これから昼食を取るにしても、やはり暇だ。

今日は、見事な晴天。中庭の、限られた者にしか解放されていない庭園の花も見頃だろう。

そこで、お茶をしつつ誰かと語らうのも良い気分転換になるよね。

――よし、決めた。

「マリー」

「はい」

名前を呼べば、マリーは律儀にお辞儀をする。うーん、まだまだ距離を感じる。ここに来て、もうすぐ一年経つというのになぁ。

まあ、もっと長く側にいれば、仲良くなれるよね！　前向きに行こう！

「昼食が終わったら、ロロ……精霊研究所のユリウス様を呼んでください。中庭で、お茶をご一緒にしたいと」

「……分かりました」

今、ちょっと間が空いたよ！　マリーは、私がルル以外の異性と親しくするのをあまりよしとしてはいない節がある。

まあ、今の私の身分を考えれば仕方ないんだけど。

でも、神子《みこ》であるルルと違って、私への制限は驚くほど少ない。

友人とのささやかなお茶会ぐらい許されるのだ。

一応、周囲にさりげなく監視の目があるし、ね。

「では、昼食後にお呼びします」

「はい、お願いしますね！」

私はうきうきと、歩き出した。


そしてその日の午後。中庭は、陽が差しキラキラと輝いていた。

中庭まで付き添っていたマリーは、私が人払いをお願いしたら、静かに去って行った。でも、きっと見えないところで待機してるんだろうなぁ。

と、中庭にセッティングされた椅子に座ると、先に来ていたロロくんがしかめっ面で座っていた。

「……僕は、忙しいんだが」

『リリちゃん、久し振りニャ！』

対照的な二人だ。

不機嫌丸出しなロロくんに対して、ロロくんの肩に座るニルは笑顔で私を歓迎している。

ロロくんは、精霊教会の精霊使いであり研究員でもある。

一年前のお別れの時は何だかしんみりしたけど、結局のところ同じ敷地内にいることになって、会いたい放題だった。びっくりだ。

最後に会った時よりも、幾分かやつれた様子のロロくんに私はため息を吐《つ》く。ロロくん、目が据わってるよ……

「まあまあ、ひとまずお茶でも飲んで」

「僕は、忙しい」

にべもない。

ていうか、目の下の隈《くま》が凄いよ。美形が台無《だいな》しだよ。何日寝てないのさ。

「ロロくん、自分のお部屋に何日帰ってないの？」

私は恐る恐る聞いた。答えを聞くのが、怖い気もするんだけど。

「……」

ロロくんは無言だ。答えたくないのだろうな。だけど……

『一週間は、帰ってないニャ！』

ニルは私の味方だった。

「一週間!?」

「ニル……」

ロロくんが余計なことを言うなとニルを睨《にら》むけど、ニルは涼しい顔をしている。

「ロロくん……」

何それ、信じられない。

一週間はないよ。あまりに、酷《ひど》い。

「風呂には、入っている」

「食事は？」

「……」

ロロくん、またもや無言だ。ロロくん、ちょっと！

私から視線を逸らすロロくんでは、らちが明かない。私はニルを見た。ニルはキリッと表情を引き締める。

『ぼくが見た限りでは、二日に一回ニャ！』

「倒れちゃうよ！　死んじゃうよ!?」

「倒れてない。死なない」

ロロくんは平然としている。え、研究者になったら、人ってこんなになっちゃうの!?

新たな文献を見つけたりすると、寝食を忘れてしまうとニルやメルから聞いてはいたけれど、まさかここまでだったとは……

「ほら、ロロくん。これ食べて、たくさん食べて！」

私はテーブルの上に置かれたお菓子を、ロロくんに勧める。

『ロロくん、美味《おい》しいニャ！』

ロロくんの肩から下り、ニルはクッキーにかぶりついている。

「さあさあさあ！」

私がクッキーやらケーキを更に強く勧めると、ロロくんはいかにも渋々といった様子でフォークを手に取った。

そして、ケーキを一口、口に運ぶ。

「……美味《おい》しい」

素直な一言が、ロロくんの口から出る。私は、うんうんと頷《うなず》く。

「二日振りの食事だもんねー」

「……仕方ないだろう。古い文献に、精霊のことについて書かれた新しい一文を見つけたんだから」

ふてくされたようなロロくんに、私は眉を寄せる。

「だからって、食べることを忘れちゃいかんよ。あと、寝ることも！」

私は、ロロくんが心配なのだ。

ちっちゃい頃から知ってる友達だし、命の恩人だし。

精霊教会の研究員となったロロくんは今、毎日が楽しいんだと思う。

ロロくんは黒髪だ。そのことで、最初は苦労したと聞いている。

だけど、ロロくんはとても面倒見が良い。遠巻きに見ている相手でも、つい世話を焼いてしまうのだ。これはもう、ロロくんの性分だと思う。

そんな面倒見の良いロロくん。そりゃもう、懐かれたらしい。誰にって？　同時期に精霊教会に入った精霊使いの研究員たちに。

あっちこっち飛び回っているメル曰《いわ》く、凄く頼られているんだって。

それで、最初こそ警戒していた先輩の精霊使いたちも、次第に打ち解けるようになったそうだ。

仲間に囲まれての研究。それも、ディーン王国で最高の環境での研究。

夢中にならないのがおかしい、とは思う。思うけど……

「やっぱり、無茶はいかんと思うよ？」

紅茶の入ったカップに口を付け、私は言い放つ。

研究者も体が資本だと思うのです。

「……分かっては、いるんだ」

ロロくんがポツリと呟く。

俯《うつむ》きかげんで、ケーキを咀嚼《そしゃく》している。

「だけど、やっぱり楽しいという思いがあるんだ」

「ロロくん……」

ロロくんは、ずっと精霊の研究をしたがっていた。自分の目が精霊色だからということもあるのだろう。

精霊という存在に、強く惹《ひ》かれているんだろうな。

黒髪で高い魔力を持っているのに、魔力を扱うことをメインにする魔術師にならずに、精霊使いを選んだことからも、それが分かる。

「……ロロくん」

私の声に、ロロくんは軽く頷いた。

「分かった。できるだけ善処するよ」

「うん。私も定期的にお茶に誘うから！」

勉強もあるから、それほどしょっちゅうとはいかないけれど。

でも私が誘うことで、ロロくんに休憩時間が取れるなら私、頑張っちゃうよ。

「リリ」

ロロくんは、眼鏡をくいっと直すとちょっと俯《うつむ》いた。

「……ありがとう」

お礼を言われ、私は満足感たっぷりに頷《うなず》いたのだった。

それからは、話も弾んだ。

メルから聞いたララちゃんの近況とか。ララちゃん、お店でお菓子を焼かせてもらえるようになったんだって！　まだ簡単なものだけど、と照れた様子でララちゃんからの手紙でも綴《つづ》られていた。

「ララも頑張っているんだな」

「うん！」

ララちゃんの話に、ロロくんも嬉しそうな顔をしている。

ロロくんからは、ベルくんの近況を聞けた。

「ベルは、無事に宮廷魔術師団に入れたそうだ」

「マッ、マジで！」

「マジが何かは分からないが、本当だ」

『ぼくが、ちゃーんと入団式を見てきたニャ！』

「私、メルに頼んでお祝いの手紙を届けてもらうよ！」

「ああ。ベルも喜ぶよ」

「うわー、うわー。凄いなぁっ！」

確かに、逸材とは聞いていたけれども。まさか十八歳で宮廷魔術師になるとは！

興奮冷めやらない私に、ロロくんはため息を吐《つ》いた。

「……一番出世したのは、リリ。キミだろう」

「う……っ」

確かに、そうでした！

巫女《みこ》だもんね。女の精霊使いの最高位とも言える存在だ。今更だけど、競争率の高い職業なのだよ。ふふーん。

「リリ。ちゃんとやれてるのか？　僕は、キミが一番心配だ」

「だ、大丈夫だよ！　勉強もちゃんとしてるし！」

「なら、良いんだけど」

うん。やつれてても、ロロくんはロロくんだった。

私のことを心配してくれる、優しいロロくんのままだ。それが再確認できて、私は満足だ。

「巫女様」

ふと、背後からマリーの声がした。よく見れば、陽がそれなりに傾いている。

「もう時間ですか？」

「はい」

マリーは淡々と答える。

うう、まだロロくんと話していたかったんだけどなぁ。でも仕方ない。私は巫女《みこ》だもの。

「巫女様。本日は楽しい時間をありがとうございました」

マリーがいる手前、ロロくんが他人行儀な口調になる。

それにちょっと寂しさを感じながらも、私も軽く頭を下げる。

「ユリウス様、私も楽しかったです。また、お話しいたしましょう」

「はい」

私たちは、そうして席を立った。


部屋に戻り、机に向かう。

机の上には、私に勉強を教えてくれている先生からの宿題がある。

そしてその隣には、マリーが用意してくれた各国の情勢をまとめた資料が置いてあった。

先生の出す宿題には、資料が必要不可欠なのだ。マリーには本当にお世話になりっぱなしだよ。

ロロくんとのお喋《しゃべ》りで、気分はすっきりだ。宿題に集中できそう！

「よーし、やるぞー！」

腕まくりをして、私は机に向かった。

集中、集中。

部屋には、私の資料を捲《めく》る音が響く。

サラサラというペンを走らせる音が、妙に大きく感じる。

集中、集中しないと。そう思うのに、思考が安定しない。ぶれっぶれだ。

「うーん……」

私は、唸《うな》り声を上げる。

駄目だ。集中できない。おっかしいなぁ、さっきは宿題をすぐに終わらせる気でいたのに。

どうにもこうにも……皆の顔がちらつくのだ。

さっきまでロロくんと話してたからかな。

私にとって宿題といえば、友達と一緒にやるものだった。

――リリ。そこ、間違ってる。

――嘘、何処何処《どこ》ロロくん！

――リリちゃん、大丈夫だよ。もう一度ゆっくり解こう？

――リリは、そそっかしいな！

賑《にぎ》やかな皆との会話が思い出される。

凄く昔のことなのに、いつでも記憶は色鮮《あざ》やかだ。

それは、皆と一緒にいるのが楽しかったからだろう。思い出は全部、優しいものばかりだ。

私は良い友人に恵まれたのだと、誇らしい思いが浮かぶ。

「ふふっ」

ベルくんは幼等学校で魔法使いの真似事をしてたなあ。箒《ほうき》を使って高いところから飛び降りて、先生に凄く怒られていたっけ。ベルくんは時々、突拍子もないことをやる。私とはやはりキャラが被っている。うむ。

ララちゃんやロロくんは、リリには敵《かな》わないと言うけれど。……ん？　どういう意味だったんだろう。

私は、私。オンリーワンってことなのかな。……良いほうに考えておこう。

はあ、それにしてもやる気がどんどん削《そ》がれていく。

昔を思い出したから、かなぁ。

本当に楽しかったし。

「ふう……」

私は机に倒れ込んだ。ああ、やる気が出ない。

だって、皆がいないんだもんー。

何だろう、気分が落ちていく。さっき、ロロくんと会った時はあんなにも楽しかったのに。

昔、みたいな感じで……

「……ああ、そうか。私、寂しいんだ」

ぽつりと呟く。

私は確かに、寂しい。皆と昔みたいに会えないのが。でも、それは今更だ。

この一年で、耐える方法も心得た。

それでも心が晴れないのは、きっと……

「寂しいのは、皆に会えないからだけじゃない」

本当は、こういう気持ちになっている原因の見当がついていた。

私の心にさざ波が立つのは、ルルに会ったからだ。

朝のほんの一瞬の邂逅《かいこう》。それが、私に寂しさを募らせるのだ。

実のところルルとは、ここ最近会えていなかった。

分かっている、ルルが凄く忙しいことくらい。

毎日毎日、遅くまでお仕事しているって、マリーから聞いている。

時間ができたら仮眠を取ることにしているらしく、秘密の場所に来る余裕もないのだ。

そもそも、秘密の場所はルルの力で維持されているから、あそこでは、ルルは休息は得られないし。

だから、仕方ないのだと思う。思うのだけど……

「やっぱり、寂しいよ。ルル……」

ちょっと前までは、ルルはどんなに些細《ささい》な時間でも作って会ってくれた。

それはルルなりに無理をしていたのかもしれないけれど、私は嬉しかった。

ルルに負担を掛けてしまうのは申し訳なかったけど、でも嬉しいと感じてしまう自分がいるのだ。

しばらく机に突っ伏して、私は勢いよく顔を上げる。

「ぬー、駄目だ、駄目だ！」

と頭を掻きむしる。

うじうじするのは、私の性分に合わない。

いつも、元気！　良い子のリリちゃん！　それが、私なの！

ゴーゴー、リリちゃん！

私はぱちんと、両手で頬を叩いた。

「……よし！」

気合が入った！

せっかく先生が出してくれた宿題と、マリーの用意してくれた資料があるのだ。活用せねば！

少しは気が紛《まぎ》れるかもしれないし！

私は机にかじりついた。

宿題をしっかりと終わらせて、ルルの為に知識を身に付けるのだ！　えいえい、おー！

また、カリカリと宿題を解き始める。

だけど、完全にルルのことを頭から追い出すのは不可能だった。

ちらつくルルの笑顔と戦いながら、私は何とか宿題をやり遂げた。


それから数日、私は未だにルルとゆっくりした時間を過ごせないままだ。

マリーに探りを入れてみても、神子《みこ》様は視察に出ておりますとか、神子様は騎士団の演習に付き添われていますとか、いかにルルが忙しいのかという話ばかり聞かされる。

ルルが忙しいのだから、じゃあ私も頑張ろうと気合を入れていたのだけど——

巫女《みこ》の仕事を終えて、マリーと共に三階の廊下を歩いている時だった。

「……あれ？」

窓の外に、いる筈《はず》のない人物を見つけたのだ。

ルルは今、騎士団の演習に付き添っている筈。なのにその騎士団の団員であるアル兄ちゃんが、何故か眼下で剣の素振りをしている。

あれ？　アル兄ちゃんは未来の神護《じんご》騎士団の団長だから、演習には必ず付いて行かなくてはいけない筈。

そのアル兄ちゃんが何故、今ここにいるんだ。

あれ？　あれ？

「巫女様？」

立ち止まった私にマリーが不思議そうに呼び掛けたけれど、私はそれを遮《さえぎ》る。

「ちょっと、中庭に行ってくる」

「え、ですが……」

私は、マリーの返事を待たずに走り出した。

「み、巫女様！」

「マリーは付いてこないで！」

私は、廊下をひた走る。

教会の人たちが驚いたように私を見ているが、気にしていられない。

私は中庭へと急いだ。


「アル兄ちゃん！」

目当ての人物は、まだちゃんとそこにいた。

私が駆け寄ると、ギョッとしたように顔を強ばらせる。

「リ、リリ！　何で、こんなところに……っ」

ここは、精霊教会に所属する人たちに開放されている中庭だ。巫女《みこ》である私は、めったに一般区画には来ない。だからアル兄ちゃんは驚いたのだろう。

振っていた剣を慌てた様子で腰の鞘《さや》に戻す。

「アル兄ちゃん、それは私の言葉だよ！　何でここにいるの!?」

アル兄ちゃんのもとにたどり着いた私は、アル兄ちゃんの胸ぐらを掴む。

「ちょっ、リリ苦しいよ。それに、神護《じんご》騎士団所属の僕が、精霊教会内にいるのは当たり前だよ」

「そうじゃなくて！」

私はバッと、アル兄ちゃんから手を離す。

そして、アル兄ちゃんを見上げ、睨《にら》みつけた。

「演習は!?　今日は、演習があるんじゃないの!?」

「え、演習……？」

苦しそうに咽《む》せていたアル兄ちゃんは、涙を浮かべて私を見る。その目には困惑が浮かんでいた。

「誰に何を言われたのか分からないけれど、演習なら先月大規模なものをしたばかりだから、今月はないよ」

「え……？」

アル兄ちゃんの答えに、私は呆然とする。

だ、だって。マリーが、今日は演習があるからルルとは会えないって、言ってたのに。

だから私、ルルが忙しいのなら仕方ないって諦めたのに。

あれは、嘘だったの……？

でも、マリーが嘘をつくなんて信じられなくて、私はアル兄ちゃんに縋《すが》るように問い掛けた。

「じゃ、じゃあ。視察は？　神子《みこ》の視察、あったんでしょう？」

一昨日は、視察があるからとルルに会えなかった。マリーがそう言ったのだ。

マリーの言葉はルルの言葉だ。精霊教会に仕えるマリーは、神子からの伝言で嘘をつくことは絶対にしない。ルルからの言葉は、マリーを通してそのまま私に伝えられるのだ。

だから、マリーの言葉が偽《いつわ》りだとすると、それはすなわちルルが私に偽りを告げたことになる。

ルルが私に嘘をつくだなんて信じたくない。きっと、今日はたまたまだったのだ。ちょっとした手違いがあったに違いない――

だけどそんな私の願いは、アル兄ちゃんの言葉で打ち砕かれる。

「視察？　いや、神子様《みこ》が何処《どこ》かに行くのなら、僕らにも話がある筈《はず》。そんな話聞いてないよ」

「そんな……」

視察の話も、嘘だった。

同じことが二つも続けば、それは手違いではなく、意図的なものだ。

ルルは、私に嘘をついたのだ。

嘘をついてまで、私に会いたくなかったのだろうか。

……私のことを、嫌いになってしまったのだろうか。

ルルは、私のことが、鬱陶《うっとう》しくなったのかな。

会えばいつもべたべたしちゃうから。ルルから離れないから。だから、嫌になっちゃったのだろうか。

「リリ……？」

俯《うつむ》く私に、アル兄ちゃんが心配そうに声を掛けてくれる。でも、反応ができない。

私の心は、悲しみでいっぱいになっていた。

視界に映る地面がゆらゆらと揺れている。涙が、せり上がってきたのだ。

ぽたっと、涙が地面に落ちる。ぽたぽたと、後から後から溢れていく。心まで涙で染め上げられていた私には、それを止めることはできなかった。

悲しい。ルルに嫌われるのは嫌だ。信じたくないよ。

私の思考はぐちゃぐちゃだ。

「リリ、泣いているの？」

アル兄ちゃんが驚いたように、私の肩に右手を置く。優しく包み込むように。

「アル兄ちゃん……っ」

顔を上げられない私は、兄ちゃんの名前を呼ぶのが精一杯だ。

「……巫女《みこ》の仕事が、辛いの？」

その言葉に、否定の意味を込めて首を横に振る。

巫女の仕事は辛くない。ルルや、大好きな人たちの為になるのなら苦じゃない。精霊たちも可愛いし。

「誰かに、苛《いじ》められた？」

それも否定する。

巫女である私に、精霊教会の人間が害を為そうとすることはない。皆、優しくしてくれる。

「……じゃあ」

と、アル兄ちゃんの声に棘《とげ》が含まれた気がした。ぶるり。嫌な感じがする。

「神子様が、何かしたのかな？」

神子の単語に、肩が揺れてしまう。あれ、何か不味《まず》いかも！

「そう、そうなんだ」

冷たさを感じるアル兄ちゃんの声に、私は慌てて顔を上げた。涙は、アル兄ちゃんの剣呑《けんのん》な様子に引っ込んでしまった。

アル兄ちゃんは、笑っていた。良い笑顔だ。

だが、付き合いの長い私には分かる。アル兄ちゃん、怒ってる。それも、凄く！　ひいっ！

「……あいつ、リリを幸せにするって言ってたのに」

低い声が、アル兄ちゃんから出た。

あいつって、まさかルルのことじゃないよね？　神子《みこ》をあいつ呼ばわりだなんて、未来の神護《じんご》騎士団の団長様がするわけないよね！　ね！

確かに、次期騎士団長のアル兄ちゃんなら、ルルに会うこともできるだろうけど！　そんな気安い仲じゃないよね！

アル兄ちゃんは、私に笑い掛けた。でも、目は笑ってない。かなり不味《まず》い兆候《ちょうこう》だ。

幼い頃、私の恋の話になると豹変《ひょうへん》した時のアル兄ちゃんに、よく似ている。

「ア、アル兄ちゃん……？」

「大丈夫、リリ。僕に任せて。何とかしてあげるから、ね？」

いや、任せちゃいけないと、私の第六感的なものが訴えているのですが⁉

「ふふふ、どうしてくれようか」

アル兄ちゃんの笑い方、何だか邪悪だよ⁉

「に、兄ちゃん！　私はもう大丈夫だから！」

私は、ひくつく口元を何とかして笑顔を作る。ほら、笑ってるよー。

なのに、アル兄ちゃんは痛ましいものを見る目を、私に向けてくる。

「ああ、リリ。そんな顔をしないで。僕まで悲しくなってくるよ」

「私、どんな顔してるの⁉」

ちょっと気になるし、事と次第によっちゃ傷付くよ⁉

私はアル兄ちゃんの服を掴む。

「兄ちゃん、私なら本当に大丈夫だからね！」

お願いだから、聞いて！　私の話を聞いて！

「うん。リリ、分かってるよ。リリは優しいから、あいつのこと庇《かば》っているんだね？」

あいつ呼びは、空耳じゃなかった！

しかも、全然分かってないよー！

不穏だ。アル兄ちゃんを取り巻く空気が、凄く不穏だ。暗黒面を見てしまったかもしれない。

恐怖におののきながらも、私は必死にアル兄ちゃんを止める。

「兄ちゃん！　ほら、私もう泣いてないし！　だから、そんな怖い顔しないで！　ね！」

「リリ……。本当に、キミは優しいんだね。だからこそ、兄として妹を傷付けたやつを許せないんだ」

あいつ呼びから、やつ呼びに変わった！

もう、どうしたら良いのか分からない。

暴走した兄ちゃんを、どうやって止めたら良いのか。ていうか、止まるのコレ⁉

兄ちゃんの暴走により、私の悲しみなんてどっか行っちゃったよ！

アル兄ちゃんは、服を掴んだ私の手をそっと外した。そして、私の両肩に手を置く。

目が真剣だ。私にはもうアル兄ちゃんをどうにかするなんてできそうもない。

「リリはそのままでいて良いんだよ。悪いやつは、僕が成敗して――」

「良いわけねーつの！」

「いたっ！」

私の話を全然聞かないで、一人盛り上がっていたアル兄ちゃんの頭に、手刀が落とされた。

アル兄ちゃんにチョップを食らわしたのは、ルディ兄ちゃんだった。いつの間に来たのだろう。

ルディ兄ちゃんは、甘いお菓子の匂いを体から漂《ただよ》わせて、呆れた顔をしていた。ルディ兄ちゃん、お菓子作ってたのかなぁ。ルディ兄ちゃんは、教会の厨房《ちゅうぼう》を時々借りてお菓子を作っているのだ。

「お前の妹大好き病は、いつか何かやらかすかと思ったが。いくら何でも神子《みこ》暗殺は不味《まず》いだろ」

「暗殺とは人聞きの悪い。僕はただ、これで話し合いをしようと思っただけだよ」

と、アル兄ちゃんは腰の剣を示した。

「同じじゃねーか！」

「あうっ！」

再び、手刀が炸裂《さくれつ》した。

しかもルディ兄ちゃん、今度は連打している。

「お前は次の団長なんだ。神子様へは、崇拝の気持ちを持て」

「ハッ！　父上は崇拝しているか⁉」

アル兄ちゃん、嘲笑した⁉

だが、ルディ兄ちゃんも諦めない。

「父さんは確かに、神子様にはとても厳しいけどな」

パパ、そうなんだ！

「だからって、息子のお前までそんなんじゃ駄目だろ。全然駄目だろ」

ルディ兄ちゃん、二回も駄目って言った！

説教するルディ兄ちゃんを、アル兄ちゃんが睨《にら》みつける。

「確かに、僕らにとって神子様は大事だよ。だけど、妹を泣かされたら、黙ってはいられないよ！」

「何？　――そうなのか、リリ」

アル兄ちゃんの話を聞いたルディ兄ちゃんの目つきが変わる。

ルディ兄ちゃんは、アル兄ちゃんほどではないにしろ、私を大事にしてくれている。いや、アル兄ちゃんがアレなだけで比べてしまうのは酷《こく》だけど、ルディ兄ちゃんは普通に妹思いだ。

私が望まれて神子のもとに来たと知っているので、私が幸せになれると喜んでくれた良い兄ちゃんだ。

だからこそ、幸せにやっていると思っていた私が泣いていたと知り、驚いているのだろう。

「リリ、目が赤いな……。本当に、泣いたのか」

「ルディ兄ちゃん……」

ルディ兄ちゃんはアル兄ちゃんとは違い話が通じる分、私は誤魔化すことができなかった。目が泳いでしまう。

「な、泣いてないよー」

「棒読み過ぎるだろ」

うう、ルディ兄ちゃん騙《だま》されてくれない。

でも、泣いてしまったのは私の心の弱さのせいだし。いや、ルルに嘘をつかれたショックがあるからなんだけど。

「リリ、泣いたんだな」

「う、うん……」

ルディ兄ちゃんには素直に頷《うなず》いてしまう。

「ほら、やっぱりそうじゃないか！」

私の返事に、アル兄ちゃんが眉を寄せて怒りを露《あら》わにしたけれど、ルディ兄ちゃんがそれを手で制す。アル兄ちゃん、ルディ兄ちゃんに弱いからね。

「リリ。本当に、神子《みこ》様に泣かされたのか？」

ルディ兄ちゃんが優しく問い掛けてくる。

その温かな表情に、私の涙腺《るいせん》が再び緩《ゆる》んだ。

「ち、がう、の」

「違う？」

聞き返すルディ兄ちゃんに、私は頷く。

「ルルは、悪くないの。私が、勝手に傷ついただけなの」

そうだ。人の心は、誰かがどうにかできる問題じゃないのだ。ルルが心変わりしたとしても、私にはどうしようもないのだ。

私は、ポツリポツリと話した。ルディ兄ちゃんにだったら、素直に話せるから不思議だ。

アル兄ちゃんは、ほら、暴走が怖いから。

ルディ兄ちゃんには、最近ルルに会えないこと、どうやら、避けられているらしいことを話した。

「リリを避けるだなんて、何を考えてるんだ！」

と、横で話を聞いていたアル兄ちゃんは憤慨していたけれども。

「……」

ルディ兄ちゃんは、私の話を聞くと無言になった。

というか、挙動がおかしい。

口元を右手で隠し、私から目を逸らしたのだ。

「ルディ兄ちゃん？」

「おっ、おう。そうだな、その……み、神子様にも考えがあるんじゃないのか、な」

話し方も何だかおかしい。

「ルディ兄ちゃん……？」

大げさなまでに肩が上がった。……これは、何かあるな。

「ルディ兄ちゃん、何か隠してない？」

「えっ！」

びくりと身を硬くして言うルディ兄ちゃんは、怪しさ満点だ。

「ルーディー兄ちゃーん？」

私から顔を逸らすルディ兄ちゃんを見上げる。

ルディ兄ちゃんは更に顔を背《そむ》けた。首、痛くないのかな。

「ルディ、どうしちゃったの」

アル兄ちゃんも不思議そうな顔をしている。今のルディ兄ちゃん、不審だもんね。

ルディ兄ちゃんは、私たちからの疑問に満ちた目に耐えられなくなったのか、はあぁと大きくため息を吐《つ》いた。

そして、しゃがみ込む。ヤンキー座りだ。お行儀悪いよ、ルディ兄ちゃん！

「ああ、まあ、なんだ。ディアスは、ちょっと落ち着け」

「僕は、落ち着いているさ」

「いや、そんなぎらついた目で言われても、説得力ないから」

「む……」

アル兄ちゃんは口を閉ざした。ルディ兄ちゃん、強いね！

「んで、リリ」

そして私を見上げるルディ兄ちゃん。

「何？」

私は、小首を傾げる。

ルディ兄ちゃんは静かな眼差しで、私を見つめている。穏やかで優しい目だ。

……まるで、お母さんの目みたい。

「神子《みこ》様のことなら、心配すんな」

「え……？」

確信に満ちたルディ兄ちゃんの言葉に、私は目を瞬《またた》かせる。

「神子様は、本当にお前のことを大事に思っているよ」

優しく告げられた言葉に混乱する。

何で、ルディ兄ちゃんにそんなことが分かるのだろう。

でも不思議と、ルディ兄ちゃんの言葉には説得力があった。

「ルディ兄ちゃん……」

「な？　だから、お前はどっしりと構えてりゃ良いんだよ。そーすりゃ、良いことがあるかもしんねーぞ」

ルディ兄ちゃんは勢いよく立ち上がると、私の頭を乱暴に撫でた。

「わっ、わっ！」

髪の毛がぐしゃぐしゃになるー！

慌てる私をよそに、ルディ兄ちゃんは撫でるのを止めない。

「リリ。お前は幸せ者なんだ。だから、泣くよりも笑ってろよ？」

そう言うと、ルディ兄ちゃんは私の頭から手をどける。もう、髪の毛がぐちゃぐちゃだ。

でも、ルディ兄ちゃんの優しい目に、怒りは沈んでいった。

「ルディ、リリはもう子供じゃないんだから」

と、さっきまで剣呑《けんのん》な雰囲気だったアル兄ちゃんも、呆れ顔でルディ兄ちゃんを見ている。

アル兄ちゃんに、さっきまでの怖さはない。良かったー。

「まあまあ、ディアス。俺にとっちゃ、リリはいつまでも子供だよ」

「ルディ兄ちゃん、酷《ひど》いー！」

「ほらな。そうやってむくれるところなんか、やっぱ子供だよ」

「もー！」

文句を言いつつも、いつの間にか私は笑っていた。

兄ちゃんたちとのこんな会話、久し振りだ。昔は、いつもこうやってじゃれていた。何だか懐かしくて、笑ってしまったのだ。

「お、良い笑顔だな！」

「うん、そうだね」

兄ちゃんたちが、私を見て穏やかな顔になる。

ちょっと前まで、あんなに悲壮感たっぷりだったのに、今の私は笑えている。

それは兄ちゃんたちのお陰なんだろう。

「……ありがとう、兄ちゃんたち」

私は小さく、お礼を口にした。

ルルが何故、私に嘘を告げたのかは分からないけれど——私はルルが大好きだ。それは揺るがない。

だから、信じて待とうと思う。

ルルが真実を話してくれるまで。


何だかんだで、まだルルと話し合うつもりでいたアル兄ちゃんを、ルディ兄ちゃんが引きずって去って行くのを見送った後。私は、自室に戻っていた。

中庭から帰ってきた私にマリーは何か言いたげにしていたけど、結局何も言わなかった。気を使ってくれたんだと思う。

アル兄ちゃんが中庭にいたことで、ルルの告げた予定は嘘だったとマリーにも分かった筈《はず》だ。へたに何か慰めを口にしても私を傷付けるだけだと、マリーには分かっているのだ。

何も告げないのが、マリーの優しさだと私は思った。

ベッドの上で、私はごろんごろんと何度も寝返りを打つ。

兄ちゃんたちのお陰で落ち込むことはなかったけれど、疑問は消えていない。私は何とも言えない気持ちを感じていた。

ルル、今頃何をしているのだろう。

そう考えて、私は身を起こした。

そうだ、ルルのことだ。

もしかしたら、一人で何かを抱えているのかもしれない。

私にも告げられない、重大な何かに一人で立ち向かっているのかも。

何で、そのことに思い至らなかったのだろうか！

ルルは、一人で何でもやってしまおうとする癖があるのに！

ずっと孤独だったルルは、兄であるジェイドさんにも相談することをしない。

誰かに頼るという発想がないのだ。

ああ、私ってば何てうかつなんだろう！

「ルル、大丈夫かな……」

昔みたいに、一人で頑張っていないだろうか。

私はその日、ルルを心配しながら眠りに就いた。


窓から入る朝日が眩《まぶ》しい翌朝。

『リリちゃん、起きてくださいまし！』

そんな、メルの声で目が覚めた。

「ふわ……っ！」

状況が掴めない私は、ベッドの上で宙に浮くメルを見上げる。

久し振りに見るメルは、無駄に元気だった。テンションが高いのだ。

『ほらほら、しゃっきりしてくださいな』

と、私の頬をぺしぺしと叩いてくる。痛い！　痛いよ、メル！

「うー……っ」

私はお布団に潜り込み、メルからの攻撃に耐える。

『リリちゃん！』

ぐいーと、メルが私のお布団を持ち上げようと奮闘している。

ぐいぐいと引っ張られ、私は仕方なく顔を出した。

「メルー、禊《みそ》ぎの時間まで、まだあるよ？」

マリーが起こしにくるのにも、だいぶ時間がある。

『禊ぎどころではありませんわ！』

「大事な仕事だよ!?」

私の叫びに、メルはやれやれといった感じに首を振る。

『本日の晴れやかな日に比べれば、些末《さまつ》なことですわ』

いやいや、メルどうしちゃったの！　そんなこと言う子じゃ、なかったよね!?

メルはふわふわと飛びながら、クローゼットの方に向かう。そして、バタンと力強く扉を開けた。

『ドレスは、これで良いですわね』

と、巫女《みこ》装束じゃない普段着のドレスを選び、私の方へと持ってくる。メル、力持ちだね。

『さあさあ、お着替えなさいませ！』

「え、え？」

寝起きの頭では、メルの言うことが理解できない。

着替えろって……

「今すぐに？」

『すぐに！』

メルの気迫に押され、ぼうっとしながらも私はドレスに手を伸ばした。

ここ一年はマリーに着替えさせてもらっていたけど、実家では自分でやっていたのだ。すぐに着替えることができた。

どうやったのか、メルがお湯の入ったボウルを用意してくれたので、顔もすっきりだ。漸《ようや》く目が覚めた！

「ふう。ねえ、メル。何をそんなに急いでいるの？」

『急いでるんじゃなく、嬉しいのですわ！』

「嬉しい？」

『ええ。神子《みこ》があんなにもリリちゃんのことを……はっ！』

メルは慌てて口に手をやった。

『内緒。内緒なのです』

「そうなんだ。何か神子がどうのって、聞こえた気が……」

『気のせいです！』

「う、うん。分かった」

今日のメルは何だか迫力があって、逆らい辛い。

『さあ、リリちゃん。準備はできましたわね！』

「え、着替えは終わったけど……」

『充分ですわ。さあ、秘密の鍵を使ってくださいまし！』

メルはずずいっと私に迫る。こ、怖いよ。

「秘密の鍵って……」

私は、肌身離さず首から下げている鍵に、ドレスの上からそっと触れる。ルルに会えないでいたから、最近しばらく使っていなかったそれ。

『さっ、マリーが来る前に使ってくださいな』

「え、でも……」

『良いから、早く！』

「は、はいっ！」

メルの剣幕に、私は頷《うなず》いた。

そして、部屋の鍵穴に秘密の鍵を差し込んだ。

『秘密の場所に行けば、素晴らしいことが待っていますわ。行ってらっしゃい、リリちゃん』

扉を開けた瞬間に、メルのそんな声を聞いた。

とりあえず、メルに急《せ》かされ秘密の鍵を使い、秘密の場所への一本道を歩いているのだけど。

「メル、いったいどうしちゃったんだろう？」

私を秘密の場所へ行かせたがっていたのは、何となく分かるのだけど。

「こんな朝早くに、何があるの？」

疑問は尽きない。

尽きないけど、メルが意味のないことはしないだろうと信じて、私は歩き続けた。

そして、気付く。

不思議空間に漂《ただよ》う匂いに。

「……甘い、お菓子の、匂い？」

そう、不思議空間はお菓子の匂いで包まれていた。うう、朝食前のお腹にダイレクトに来るな。

このけしからん匂いのもとは、何処《どこ》だろうか。

私は匂いに釣られて、てくてくと歩く。というか、ここは一本道だ。匂いの先は見えているのだった。

「……あずまやの方から、お菓子の匂いがする」

甘い匂いに、歩く速度も上がる。

するとほどなくして、お花のアーチが見えてきた。

「あ……」

そして、鮮《あざ》やかな赤毛も。

「ルル、ルルだ……！」

私は、走り出した。

昔の私よりも大きくなった歩幅で、私は走る。一刻も早くルルに会う為に。

「ルル……！」

お花のアーチをくぐり抜けて飛び込めば、笑みを浮かべたルルがいた。

「リリアンナ！」

ルルが駆け寄って、私を抱きしめる。温かい、久し振りのルルの温もりだ！

私は、ぎゅっと抱きしめ返し――あれ？　と思い、くんくんとルルの服の匂いを嗅《か》いだ。

「ルル、甘い匂いがする」

そう言うと、ルルは慌てて私から離れ、自分の服の袖に鼻を付けた。

「うぬ。やはり匂ってしまうか」

ルルは困ったように笑った。

「ルル、その匂いって……お菓子の匂い、だよね？」

「う、うむ！」

ルルが頬を赤くさせて、口元に右手を持っていき、咳を一つする。

そして、後ろに視線をやった。

私も、ルルにならい視線を向け、そして驚きから両目を見開く。

だって、ルルの後ろにあるテーブルの上には、所狭しと色んな種類のお菓子が並べられていたのだから。

真ん中に、三段重ねの真っ白なケーキに、シュークリームそっくりのお菓子に、エクレアみたいなお菓子。それに見たことないのお菓子まである。

ここは楽園だ。お菓子の楽園なのだ！

「ど、どうしたの。このお菓子の山は！」

私は、甘い匂いに包まれて、ルルを見上げた。

ルルは照れたように、私から目を逸らす。

「余が、その、作ったのだ」

「ルルが!?」

この素敵なお菓子の山を!?

「そ、そうだ。そなたの兄であるルディガイウス殿から、教わったのだ」

「ルディ兄ちゃんに！」

ルディ兄ちゃん、いつの間にルルとそこまで親しくなったの!?　びっくりだよ！

ルルは、再び私を見た。頬はまだ赤い。

「リリアンナ。全て余が作ったのだ」

「ルルが全部……」

お菓子など、きっと今まで作ったこともなかったであろうルルが、お菓子を作るなんて。

「ずっと、練習していたのだよ」

「だから、今まで会えなかったの？」

「うむ。そなたには寂しい思いをさせたな」

「ううん、良いの。理由が分かったから」

ルルの手を見ると、手当てした跡があった。お菓子作りの最中に、火傷《やけど》とかしたのかもしれない。

私は、そっとルルの手を握った。

「ルル。頑張ったね！」

「ああ……」

ルルの目が、ゆらゆらと揺れる。

「リリアンナ」

ルルが、私の名前を呼ぶ。

「なあに？」

「その、そなたが余のもとに来て、今日で一年だ。気付いておったか？」

「あ……っ」

ルルに言われて、私は思い出す。そうだ。一年前の今日、私は精霊教会にやって来たのだった。

「それで、お菓子を焼いてくれたの？」

「ああ、そなたには余自身から祝いの品を贈りたかったのだ。ルディガイウス殿に手ほどきを受け、メルに味見役を頼んだ」

だから、最近メルを見なかったのか。

そして、ルディ兄ちゃんが甘い匂いを漂《ただよ》わせてたのも得心がいった。

「……何だ、そうだったんだ」

私は、ルルに嫌われてなどいなかった。むしろ、大事にされていたのだ。

ルルにこんなにも想われていたなんて！　この前の不安感が、一気に消し飛んだ。私は、世界一の幸せ者だよ！

「ルル、頑張ったね」

「ああ。リリアンナの為だからな」

ルルが微笑む。私も微笑み返す。

「さあ、リリアンナ。せっかくの菓子だ。遠慮なく食べてくれ」

「うん！」

ルルと二人、笑い合いながら椅子に座る。

ルルの作ったお菓子、たっぷりと味わいますよ！

「さあ、余が取り分けよう」

ルルが甲斐甲斐しく世話を焼いてくれる。それが新鮮で嬉しい。

優しい眼差しが、私に降り注ぐ。

私、本当に愛されてるなぁと、改めて実感できた。

この数日間、私は不安だった。だけど、心配することは何一つなかったのだ。

私はルルに愛され、私もルルを愛している。それが事実で、それが全てなのだ。

「どれから先にしようか」

お菓子を前に悩むルルが、愛おしくて私は微笑む。

ああ、この愛しさも幸せも、私が頑張ってきたからなんだ。幼い日、ルルを諦めずに手を伸ばしたから手に入ったものなんだ。うん、私、よくやった。

だけど、頑張るのは当たり前だ。だってこれは、私の人生なんだから。

「……これは余が余の為に頑張る物語である」

取り分けてくれるルルを待つ間に、私は前世で大好きだった作品の語りの部分を口にした。

うん。幼い頃から、私は頑張ったよ。

それは、こんな幸せな風景を見る為だったのかもしれない。

「リリアンナ、取り分けたぞ。さあ、食べよう！」

ルルが無邪気な笑顔を向けてくる。

私は幸せいっぱいで、差し出されたお皿に手を伸ばした。

ルル、これからも一緒にいようね！

大好きだよ！


それからしばらく秘密の場所にいたけれど、時間の流れが緩《ゆる》やかな場所だったからか、マリーが部屋に来る前には戻ることができた。

でも、ドレス姿の私を見ても何も言わなかったから、ルルとのお茶会はマリー公認だったのかもしれない。

ああ、それにしても幸せな時間だったなぁ。

番外編

ルルの日々

余の名はアルルウェル。二十歳になったばかりだ。

精霊教会の教主であり、民衆から神子《みこ》として敬意を抱かれる存在である。

時には、国王ですらこうべを垂れるのだ。

つまり、余はとっても偉いのだ。

本当に、偉いのだぞ！

「だというのに、何故余の、リリアンナと共にありたいというささやかな願いが叶えられぬのだ！」

そう言って、テーブルを叩いた。場所は神子の間と呼ばれる、主に職務を執《と》り行う部屋だ。

テーブルの上には、たくさんの書類が積み上げられている。

その一角が、叩き付けた拳《こぶし》の振動により崩れかける。だが崩れるより先に、書類を支えた人物がいた。

「ははは、偉い人間の宿命ですねー」

余と同じ赤毛を持つ、ジェイドだ。

今、部屋には余とジェイドしかおらぬ。

「兄上……」

「ほらほら、アルルウェル様。二人きりとはいえ、その呼び方は危険ですよ」

余の情けない声に、兄上……ジェイドが片方の眉を上げて注意してくる。うぬ。

ジェイドは、腹違いの兄である。だが、それは公然の秘密となっていた。先代神子の醜聞《しゅうぶん》は、未だに尾を引いておる。

だが、それと今の憂《うれ》いは別問題だ。

バンバンと執務用のテーブルを何度も、しかし今度は両手で叩いた。

「リリアンナに会いたい！　リリアンナに会いたい！」

「何、子供みたいなことやってんですか」

「うるさい！　もう一週間もリリアンナに会えていないのだぞ！」

「我慢してくださいよ。神華祭《じんかさい》の前後は、仕事が増えるのは当たり前でしょうに……」

余は、ぐうっと口を引き結んだ。

確かに、神子の誕生を祝う神華祭は毎年盛大に行われる。有難《ありがた》いことだ。

だがその分、祭りの前は準備に駆り出され、祭りの後は後始末に追われるのだ。祭りの際の神子の警護に当たった者たちの休暇申請の承認とか、祭りに使った費用の決済とか、予算の見直しとか！　余、働いてばかりではないか！　自分の誕生日なのに、リリアンナとは一目も会えず仕舞《じま》いだったぞ！　おかしくはないか！

……怒ったぞ。怒ったのだぞ！

「……もう、仕事はせぬ」

両腕を組み、そっぽを向いた。もう決めたのだ。

ジェイドから呆れたようにため息を吐《つ》かれた。

「また、それですか。ここ最近、毎日言ってますよね？」

「ふん。今度ばかりは本気だ」

余だって、祭りを満喫したかった。休みたいのだ。だらだらと、部屋で過ごしたい。

それで、リリアンナを呼んで膝枕をしてもらうのだ。

余を癒《いや》してくれるのは、リリアンナだけなのだ！

「仕方ないですね」

ジェイドが崩れかけた書類を直しながら言った。

おお、どうやら分かってくれたようだな。主張した甲斐もあったというもの……

「と、だだをこねていらっしゃるんですけど、隊長どうします？」

な、何と！　一瞬、息が止まった。

「ジ、ジーナヴァルスが、おる、のか……？」

動揺を隠しきれぬまま、声を震わせジェイドに問い掛ける。

というか、いつの間に入室したのだ！　気配はなかったぞ！　今もだが！

横目でジェイドを見れば、やつはにっこりと笑った。

「アルルウェル様が、お嬢さんに会いたいと叫ばれた辺りからいらしてましたよ」

「何だと……っ」

恐る恐る、扉の方を窺《うかが》うと――

「……アルルウェル様」

おった。やつは静かにそこに佇《たたず》んでいた。

いつもの何を考えているのか分からない、鋭い眼光でもって余を見ておる。

ジーナヴァルスは、リリアンナの父親だ。だが、表情をコロコロ変えるリリアンナとは似ても似つかん。リリアンナは母親似なんだな、うむ。

意識をジーナヴァルスから逸らす為に、リリアンナのことを考え続ける。

リリアンナの笑顔や、リリアンナと過ごした日々を思い出す。

「アルルウェル様」

「ひいっ！」

しかし、現実逃避は失敗した。昔からの条件反射で、背筋をピンと伸ばしてしまう。

ジーナヴァルスとは、幼少の頃からの付き合いである。しかし余は、常に無表情を貼り付けたようなやつを苦手としていた。

娘であるリリアンナに言わせると、とても慈悲深く優しい男に聞こえるのだが、あれはきっと何かの聞き間違いだ。そうだ、きっと！

「アルルウェル様、仕事を放棄すると聞こえましたが、気のせいでしょうか」

「うぐ……っ」

ジーナヴァルスの眼光が炸裂《さくれつ》する。

間違いなく、怒りを堪《こら》えている。声は平坦だったが、絶対怒っている！　余には、分かるのだ！

何故なら、余の体の震えがさっきから止まらないからだ。

「ジ、ジ、ジーナヴァルス。余、余はだな」

「はい、アルルウェル様」

ジーナヴァルスは淡々と答える。それが、余計に怖いのだ。

「余、余はな……」

「はい」

「ほ、本気で、仕事をせぬと言ったわけでは、ないのだぞ！」

いかん、目が泳ぐ。視線が定まらん。

こちらの動揺に気が付いておるだろうに、ジーナヴァルスは平然と言った。

「では、この書類にも目を通してください」

「何……っ！」

余は、勢いよく立ち上がった。

長時間座っておったから尻がジンジンと痺《しび》れていたが、構ってはおれん。

「まだ、これ以上の仕事があるのか！」

机には、既に山のような書類があるというのに！

何と無常な世の中か。

「全ては、精霊教会を円滑に運営する為です」

ジーナヴァルスは、切り捨てるように言いおった！　この醒《さ》めた目！　余を敬う様子がまるでない！

「神は死んだ！」

余は、天を仰いだ。

「精霊教会では貴方が神ですよ、アルルウェル様」

笑いを含んだ声で、ジェイドが言う。

そうだった。余は、神子《みこ》だった。

というか、この場に余の味方はおらぬのだな。

「では、アルルウェル様。執務を再開してください」

ジーナヴァルスの鋭い声に、頷《うなず》くしかなかった。

ああ、リリアンナに会いたい——


夜の帳《とばり》が下りた頃、漸《ようや》く自室に戻ることができた。

「疲れた……」

ふかふかのベッドに、どっと身を落とす。全身にじんわりと疲れが広がっていく。

おかしい。

自分は、神子だ。敬われるべき存在だ。だというのに、何故馬車馬の如《ごと》く働かされておるのだ。

思えば、十五歳の誕生日が節目だった。

十五にもなれば、そろそろ執務を行って下さいとジーナヴァルスに言われたのが、この激務の始まりだった。

それまでの余は、人の世には関わらず、精霊の世界を潤滑《じゅんかつ》に回すことだけに目を向けておれば良かったのだ。

精霊と人間の仲を取り持つことが、余の役割だと思っておった。

「……今となれば、何と浅はかなことよ」

ベッドに沈んだまま呟く。

魂の状態でいた時間が長かったから達観していたつもりだったが、人の世界は、何とも複雑なものだった。

憎しみと愛情が隣り合わせだったり、我が子を慈《いつく》しむ優しい母親がよそでは誰かを傷付けていたりするなど、まったくもって複雑怪奇だ。

そんな人を、余は国王と共に纏《まと》め上げねばならぬ。

ああ、同じ苦しみを持つ国王よ。そなた、最近髪が薄くなってきていないか。苦労しておるのだな。

……余も、髪の手入れはちゃんとしよう。

ああ、そうだ。

「髪に良い食べ物を、国王に贈ろうか……」

夢現《ゆめうつつ》で、そんなことを呟いた時だった。

『国王はまだまだお若いつもりなので、失礼になりますよ』

という声が、上からしたのは。

「ジル、か……」

身じろぎ一つせずに、返事をした。

ジルは、精霊の中でも上位に位置する、光を司《つかさど》る精霊だ。余の契約精霊でもある。

『神子《みこ》、本日もお疲れのご様子。お労《いたわ》しい』

よよよと、わざとらしく泣いているらしいジルに、何だか腹が立った。

ごろんと寝返りを打ち、仰向《あおむ》けになる。

目線を上に向けると、仮面を着けた大柄な男が、仮面の上から服の袖で目を押さえていた。なあ、仮面の上からで、その動作に意味はあるのか？　人間くさい行動をするのに、何処《どこ》か抜けている。

精霊の行動は謎ばかりだ。

「ジルよ。今の余は見ての通り、疲れておる。話なら明日にしてくれ」

まあ、明日も今のように疲れ切っておるのだろうが。

泣く振りを止めたジルは、おやおやと首を傾げた。

『それは、残念です。ワタシ、リリちゃんから神子への預かりものがあったのですが……』

「何……！」

ジルの言うリリちゃんとは、リリアンナのことだ。

すぐさま身を起こす。

「そういうことはもっと早くに言え、馬鹿者！」

『おや、何という言い種《ぐさ》でしょうか。ワタシ、とっても傷つきました。このリリちゃん手作りクッキーは、ワタシが食べてしまいましょうか』

「手作りだと!?」

確かに、ジルの手には可愛らしくリボンで包まれた袋がある。

そ、それが、リリアンナの手作りクッキーなのか！

『毎日毎日、こき使われている神子《みこ》の為にと、せっかく焼いてくれたクッキーです。無駄にするのも悪いので……』

「ジル、寄こせ！」

『おっと』

ジルからリリアンナのクッキーを奪おうと手を伸ばしたが、気配を察知したジルにひらりとかわされてしまった。

『おやおや、神子ともあろう者がはしたないですよ』

「うるさい！　そなたは黙って、クッキーを寄こせば良いのだ！」

体は疲れている筈《はず》なのに、クッキーを奪取しようと思うと力が蘇《よみがえ》ってくる。

「それは、余のクッキーだ！」

『目が据わってますよ、神子』

キッと、有らん限りの威厳を持ってジルを睨《にら》みつけた。

それなのにジルは畏《おそ》れるどころか、くくくと喉で笑う。

『いやはや、神子がそんなにも執着を見せる日が来るとは。それも、クッキーに』

「ただのクッキーじゃない。リリアンナの手作りクッキーだ」

余は、至って真面目《まじめ》に答えた。

『はいはい、そうですね。では神子、どうぞ』

床に着地したジルは、今更ながらに恭《うやうや》しい態度で、余にクッキーの入った袋を差し出した。

ジルの態度の変化に思うところはあるものの、余は神子だ。鷹揚《おうよう》に構えてそれを受け取った。神子の威厳は大切だ。今更だが。

「これが、リリアンナのクッキーか……」

リリアンナからの初めての手作りクッキーに感動して、言葉に詰まる。

リリアンナが、余の為だけに！　作ってくれたものだ。大事に食べねば。

『では、渡すものも済みましたのでワタシは帰ります。でも何かありましたら、いつものようにワタシを呼んで下さいよ。他の上位精霊でも良いですけど』

「うむ、分かっておる」

余は、袋を手にそわそわと答えた。

『……では、また』

そう言って、ジルは姿を消した。

……気を利かせたのだと思う。

窓から入る月明かりを頼りに、袋を包むリボンをほどいた。

ふわりと甘い匂いが漂《ただよ》い、胸が温かくなるのを感じる。

「リリアンナが、余の為に……」

嬉しさから、声が震える。

余は、人からの優しさに疎《うと》く生まれた。母親は、余を人形のように周りに見せつけるだけで、実際の世話は全て他人任せだった。

余は、寂しかった。寂しさ故《ゆえ》に、兄であるジェイドと繋がりを持った。それでも、親に愛されなかった劣等感は拭えなかった。

寂しくて、寂しくて。いつも垣間《かいま》見ていた親子を羨《うらや》んでいた。

だがその親子も悲しい結末を迎え、余のもとから去ってしまったのだ。

寂しくて仕方なかった余は、この世界でリリアンナを見つけた。

余を惹《ひ》きつけた魂を持った幼いリリアンナは、泣いていた。それは、まるで自分と同じようで――

気付けば、手を差し伸べていた。

その時から、リリアンナは余を好いてくれた。

いつでも、真《ま》っ直《す》ぐ見つめてくれた。

努力して、頑張って、自身の力で側に来てくれた。

そして今、余を、愛してくれる。

「リリアンナ……」

ここのところ、顔を見ることのできないでいる最愛の人の名前を呼ぶ。

リリアンナ。余はな、そなたがいてくれて幸せだ。そなたが、余に幸せを運んでくれるのだ。

クッキーを一つ取り、口に運ぶ。

「美味《うま》い……」

クッキーにリリアンナの想いを見いだし、その優しさに身が包まれる気がした。

月明かりのもと、余は微笑んだ。


翌日も、書類の山に囲まれた。

だがリリアンナのクッキーのお陰で、気力は満ちておる。

「さあ、どんどん持ってこい！」

「おっ、今日はやる気充分ですねー」

「……このまま、続けば良いのですがね」

今日の余には、ジェイドと、リリアンナの兄であるアルトディアスが側に付いていた。

先ほどちょっぴり毒を含んだ言葉を吐いたのが、アルトディアスだ。

アルトディアスは、余を嫌っておるからな。大事な妹を奪った相手として。

なに、いつもならアルトディアスの毒気で心が折れるが、今日はリリアンナのクッキーがあるからな！　負けないのだ！

「うむ、今日はやる気に満ちておる」

その言葉通り、昨日とは別人のように働いた。

もう、だだもこねないぞ！　リリアンナのクッキーがあるからな！

「ぬおおお！」

ひたすらに手を動かし続けたのだった。


「……疲れた」

昼の休憩時間には、気力が尽きていた。何故だ。何故、こうなったのだ。

「……聞きましたよ。午前中、相当飛ばしたそうですね」

「先生……」

中庭にあるテーブルに突っ伏し、横に立つ警護の青年に顔を向ける。

青年――ルディガイウスは困ったように笑った。

「もう先生はよしてくださいって。俺はもう、貴方に菓子作りを教えてないんですから」

実は余は、リリアンナのもう一人の兄である先生――ルディガイウスから、菓子作りを教わっていた。リリアンナを喜ばせる為に、だ。

アルトディアスと違って、ルディガイウスは余に優しい。だからルディガイウスを気に入っているのだ。それにルディガイウスの魂の輝きは、優しいのだ。それにはルディガイウスが、余が気に掛けていた親子の母親の方の魂を宿しているというのも関係している。母親の愛に縁遠い余には眩《まぶ》し過ぎるくらい、その魂は光を含んでいる。

「そうか。余は、そなたに感謝しておるぞ。お陰でリリアンナを喜ばせることができた」

「そうですか。良かったです」

ルディガイウスは微笑んだ。

そういえば……

「ルディガイウスよ。そなた、結婚したそうだな。おめでとう」

「ぐ……っ」

そうなのだ。ルディガイウスは先日、シュトワール家で共に暮らしていた女性と籍を入れたのだ。巫女《みこ》という身分故《ゆえ》、式に出られなかったとリリアンナが悔しがっていた……と、ジルから聞いておる。リリアンナは残念であったが、それはともかくめでたいことだ。

だというのに、ルディガイウスは耳まで真っ赤になり、咽《む》せている。

「……リリか、リリがバラしたのか」

何やら呟いておる。本当にどうした、ルディガイウスよ。

「そなたも所帯を持ったのだ。これからも、立派な騎士として励めよ」

「は、はい……」

何、ルディガイウスは照れておるのだな。

余とリリアンナも、世間からは夫婦のように見られておる。そう思うと、おもはゆいものがある。

うむ、確かに気恥ずかしいな。あまり、ルディガイウスをからかうのは止めておこう。

「しかし、疲れた。午後は、少しばかりゆっくりとしたいものだな」

しみじみと呟く。

リリアンナの手作りクッキーのお陰で、気力はあった。だが、体力が追いつかんかったのだ。余、普段座っての仕事ばかりだからな。

「はあ……、リリアンナに会いたい」

思わず呟いてしまった。

リリアンナの身内の前で。

頬が赤くなるのを感じながら、口を右手で押さえる。

「い、今のは……その、何だ。余、余はな……っ」

慌ててルディガイウスを見れば、全て分かっているとばかりにうんうん頷《うなず》いていた。

「最近、本当に忙しいですからね」

同情までされてしまった。は、恥ずかしい。

いや、しかし。考えようによっては幸運だった。聞かれた相手がルディガイウスだったのだから。

これがアルトディアスだったら、嘲笑を浮かべて更なる仕事を持ってきた筈《はず》だ。

……おかしい。余は偉い立場なのに、何故だが冷遇されている気がする。

何だか心が挫《くじ》けそうだ。

「……アルルウェル様」

ルディガイウスの労《いたわ》りに満ちた眼差しが、心に染みる。

何か思い付いたのか、ルディガイウスが両手をポンっと叩いた。

「そうだ。アルルウェル様。少しばかり休憩時間を延ばしましょうよ。なに、俺がアルルウェル様とちょっと話し込んだことにすれば良い」

「ルディガイウス……？」

そんなことをしたらそなたが叱られるのではないか？

不安に思いながらルディガイウスを見ると、彼は気にするなとばかりに力強く頷いた。

「俺に任せてください」


ルディガイウスが何処《どこ》かへ姿を消して、しばし時間が過ぎた。余の休憩時間はそろそろ終わりだ。このままでは、ルディガイウスが叱られてしまう――そう思い、内心おろおろし出した頃。

「ルル！」

耳に、ある声が飛び込んできた。

ずっと聞きたくて聞きたくて仕方がなかった声だ。

「リリ、アンナ……？」

巫女《みこ》装束のリリアンナの姿が目に飛び込んできた。

走ってきたのか、肩が弾んでいる。

「ル、ルディ兄ちゃんが、ルルが呼んでいるって言うから、会いに来たよ！」

久し振りに見るリリアンナの笑顔だ。

「巫女様《みこ》、はしたのうございます」

後ろから、リリアンナ付きのマリーが紅茶の入ったカップを載せた盆を持ち歩いてくる。

「ね、ルル。私、今から休憩なんだ！　一緒に過ごそう」

余の休憩時間は、もう終わる。

視線を動かせば、建物の柱の陰にルディガイウスが隠れているのを見つけた。ルディガイウスは、大きく頷《うなず》いている。

自分が叱られるから、自由にいたせと言いたいのだろう。

……有難《ありがた》さに涙が出そうになった。

「そうだな。共に過ごそうか」

「やった！」

喜ぶリリアンナに、愛しさで胸がいっぱいになった。

前に座ったリリアンナは、にこにこと笑っている。嬉しくて仕方ないといった感じだ。

ことりと、リリアンナの前にカップが置かれる。元々あった余のカップには、新しく紅茶が注がれた。マリーはそつがないな。

「ありがとう、マリー」

「すまないな」

「いえ、お気になさらずに」

そう言うと、マリーは一歩下がった。

身分上、二人きりになるのは難しい。だが、今まで会えなかったことを思えば、こうして顔を合わせられるだけでも幸せなことだ。

最近は時間があれば全て仮眠に使っていたから、リリアンナと秘密の場所で会うこともなかった。

リリアンナも遠慮をしてか、鍵を使っていないようだからな。

そうだ。仕事が落ち着いたら、秘密の場所を充分に活用しよう。ジェイドもたまには呼んでやらんとな。

リリアンナと二人きりで過ごすのだ。あ、まあ、ジェイドもたまには呼んでやらんとな。

「ねえねえ、ルル！」

「何だ、リリアンナ」

おっといかん。リリアンナ本人がいるのに、思考に沈んではいけないな。

「クッキー、食べてくれた？　ジルに渡したのだけど」

リリアンナが、はにかんだ様子で聞いてきた。

「おお！　食べたとも！　実に美味《びみ》であったよ」

それに、活力を与えてくれた。

……まあ張り切り過ぎて、午前中で使い切ってしまったがな。面目ない。

「本当！　良かったぁ」

リリアンナは、それはそれは嬉しそうに笑った。

リリアンナ。クッキーがなくとも、余はリリアンナがいてくれれば良いのだ。

「小さい頃にルディ兄ちゃんに習ったのを、メモを見ながら作ったの。ルルが作ってくれたようなケーキとかには敵《かな》わないけど、愛情は込めたから！」

リリアンナは拳《こぶし》を握り、真面目《まじめ》な表情を作る。そうか、やはりリリアンナの想いが込められたクッキーだったのだな。相好《そうごう》が崩れそうになるのを必死で堪《こら》える。

「でも、ルルの作ったお菓子、美味《おい》しかったなぁ。今度は、私に作り方教えてくれると、その……一緒にいられる時間もできるし、嬉しいな」

リリアンナは照れたように、頬を染めた。

リリアンナは、余への想いを隠したりしない。真《ま》っ直《す》ぐ向けてくれるのだ。

それが、こんなにも愛おしい。

「……寂しい思いをさせてしまっているな」

「う、ううん。良いの！　ルル、忙しいの分かってるから。……ルル、大丈夫？　体、壊したりしてない？」

心の底から案じてくれるリリアンナだったが、突然ハッと口を開けた。

「こうやって私と話してるより、横になって休んだ方が良いんじゃ……！」

「いや！　リリアンナと、こうして会えるだけで、余は元気になれるのだ！」

リリアンナが立ち去るのではという危機感から、思わず早口になってしまう。

「ルル……」

立ち上がりかけたリリアンナに、感極まった様子で言われた。

それから彼女は、ぶんぶんと何度も頭を縦に振る。

「私も！　私も、ルルに会えると元気になるの。気力が湧いてくる」

「リリアンナ……」

二人とも、同じ気持ちなのだ。会えない日々が続いても、変わらない感情がお互いにあるのだ。

「ルル、大好き」

「ああ、余もだよ」

リリアンナの後ろにマリーがいるが、もう恥ずかしくなかった。

この想いは、恥じるものではないのだからな。

この休憩で、再び気力が蘇《よみがえ》った。リリアンナ、余は頑張るからな！


今日も、夜遅くの就寝となった。

だが、体はくたくたになってるが、気持ちは晴れやかだ。

「く、くくく」

ベッドに沈み込んだ余は、腹の底からこみ上げる笑いを堪《こら》えることができなかった。

「リリアンナに会えた！」

嬉しさのあまり、両手で枕を抱き込む。

「これで、当分は頑張れる！」

それだけ、リリアンナは元気の源《みなもと》なのだ。

『おやおや、せっかくのお顔が台無《だいな》しですよ』

ふわりと部屋の上空に現れたのはジルだ。ジルは何だかんだ言って、毎晩様子を見にくる。心配してくれているのだろう。

「今夜は、眠れそうにないぐらい胸が弾んでいる」

『リリちゃんに会えたんですね』

「ああ！」

穏やかなジルの声に、頷《うなず》いた。

『神子《みこ》は、本当にリリちゃんのことが好きですよね』

当たり前のことを、ジルは再確認してくる。

「お前には、初恋は実《みの》らないと散々脅されたがな」

恨みがましくジルを見た後、しかしすぐに笑みを浮かべた。

「ざまあみろ！　実らせてやったわ！」

『言葉が汚いですよ。それに、一時はリリちゃんを遠ざけたくせに』

「ぐ……っ」

その指摘は耳に痛い。

確かに、リリアンナへの日々膨らむ想いに、先代神子の歪《ゆが》みを重ねてしまったことがあった。あの時、リリアンナを遠ざけたのは、今でも後悔している。

だが――

「リリアンナは、幸せになろうと言ってくれた。そして、余を幸せにしてくれた」

ジルが頷く。

『ええ。大事にしてくださいよ』

「当たり前だ」

あの幼い日、リリアンナと約束したのだ。

幸せになろうと。

だから、リリアンナ。余は、頑張るよ。リリアンナと、ずっと一緒にいる為に。

「明日も、仕事は山積みだろうな」

『そうでしょうね。でも、やり切るんでしょう？』

「ああ」

リリアンナの隣に立っても、恥じない自分でいるのだ。

夜も更けてきた。重くなるまぶたに、リリアンナの姿を思い描く。

『お休みなさい、神子《みこ》』

ジルの優しい声を聞きながら、余は眠りに落ちる。

今宵《こよい》は、夢の中でもリリアンナと会えそうな予感を抱きながら――

Regina COMICS
レジーナCOMICS創刊!!
えっ？平凡ですよ？？
1
大好評発売中!!
アルファポリスWebサイトにて
好評連載中！
漫画 不二原理夏
原作 月雪はな
転生少女
前世の知識で異世界改革！
大人気ほのぼのファンタジー、待望のコミカライズ！
レジーナCOMICS創刊!!!!
シリーズ累計8万部突破！
アルファポリス 漫画
検索
待望のコミカライズ！
交通事故で命を落とした、女子高生のゆかり。目を覚ますと、異世界に伯爵令嬢として転生していた！　なのに、待っていたのはまさかの貧乏生活……。第二の人生を豊かにすべく、元女子高生は前世の知識をフル活用する!!
＊B6判　＊定価：本体680円＋税
＊ISBN978-4-434-20717-4
シリーズ累計
8万部突破！

文月ゆうり（ふみつきゆうり）
愛知県在住。2012年から、Web上で作品を公開。好きなものは、漫画と小説とゲーム。

イラスト：Shabon

本書は、「小説家になろう」（http://syosetu.com/）に掲載されていたものを、
改稿のうえ書籍化したものです。

これは余《よ》が余《よ》の為《ため》に頑張《がんば》る物語《ものがたり》である 4

文月ゆうり（ふみつきゆうり）

2015年 8月 5日初版発行

編集－城間順子・羽藤瞳
編集長－塙綾子
発行者－梶本雄介
発行所－株式会社アルファポリス
〒150-6005 東京都渋谷区恵比寿4-20-3 恵比寿ガーデンプレイスタワー5F
TEL 03-6277-1601（営業） 03-6277-1602（編集）
URL http://www.alphapolis.co.jp/
発売元－株式会社星雲社
〒112-0012東京都文京区大塚3-21-10
TEL 03-3947-1021
装丁・本文イラスト－Shabon
装丁デザイン－MiKEtto
（レーベルフォーマットデザイン－ansyyqdesign）
印刷－中央精版印刷株式会社

価格はカバーに表示されてあります。
落丁乱丁の場合はアルファポリスまでご連絡ください。
送料は小社負担でお取り替えします。

ISBN978-4-434-20868-3 C0093